ARRESA AI BERSERKER

LEE SAVINO

LIBRO GRATUITO

Ricevi un libro gratuito, Allevata dai Berserker (solo per i fan
più sfegatati iscritti alla newsletter di Lee)
Clicca qui per cominciare
https://geni.us/BredBerserkersIT

ARRESA AI BERSERKER

Dopo mille anni di prigionia, il Re Cadavere ha spezzato l'incantesimo della strega ed è risorto. Ha radunato un esercito e ci dominerà tutti, a meno che non combattiamo per fermarlo. E io sono l'unica che ha la chiave per sconfiggerlo.

Le streghe mi hanno affidato questa missione, ma non si fidano di me. Hanno mandato due Berserker a farmi da guida, a proteggermi e a sorvegliarmi. Ragnar e Loki sono guerrieri potenti, ma se pensano che io sia un'ingenua da poter controllare, si sbagliano di grosso. Mi fido di loro quanto loro si fidano di me, e sto in guarda.

Quello che non mi aspetto è che facciano breccia nelle mie difese. Che dissolvano le mie preoccupazioni. Che abbattano i miei muri e mi facciano dimenticare le mie paure. Sarebbe così facile cedere per loro, ma l'amore è un lusso che non posso permettermi.

I Berserker vogliono l'eternità, ma io gli concedo solo una notte, perché una notte è tutto ciò che ho. Domani affronterò il Re Cadavere e combatterò per salvare tutto ciò che mi è caro. E in questa battaglia finale, potrei non sopravvivere.

CAPITOLO 1

 osalind

LA FORESTA ERA RICCA di alberi imponenti. Tra i pini cresceva un fitto muschio, dalla parte bassa della corteccia fino ai rami più in basso. Nella boscaglia più profonda non c'era luce, solo l'oro brunito dei capelli che mi erano scappati dalla treccia e l'inquietante bagliore del pugnale legato al collo da una fascetta di cuoio. Quando mi ero persa, avevo tirato fuori il pugnale dal suo nascondiglio e l'avevo sollevato, aspettando che la pietra di luna apposta sul pomo si animasse del bagliore blu della luce magica. Il pugnale sembrava ronzarmi in mano quando lo tenevo puntato nel modo giusto. Ignorai sia il suo ronzio che l'eco inquieta nel profondo del mio petto.

Se avessi potuto, avrei gettato il pugnale nella boscaglia, con la pietra di luna e tutto il resto, ma non era una scelta plausibile. Così avevo messo da parte la lama e avevo continuato la mia indesiderata avventura.

1

Quando avevo cominciato a camminare un giorno fa, l'aria era quella frizzante dell'inverno, il suolo della foresta coperto di neve. Più camminavo, però, più faceva caldo. Non riuscivo a identificare il punto in cui la terra passava dalla primavera nevosa all'umida estate. I miei vestiti invernali diventavano sempre più pesanti a ogni passo. Il sudore mi colava lungo la schiena coperta dal pesante mantello di broccato.

Affronterai molte sfide, mi avevano detto le streghe. *Il Re Cadavere ama sovvertire le leggi della natura e l'ordine naturale delle cose. Gioca col tempo, con la vita e la morte di ogni creatura. Il suo bersaglio preferito, tuttavia, è di gran lunga la mente.*

Non osavo togliermi il mantello, nonostante il caldo crescente. Ne avrei avuto bisogno di notte, quando tutto sarebbe diventato buio. Anche se non fosse stato così, non l'avrei mai tolto. Era più bello di qualsiasi altra cosa avessi mai indossato. Il cappuccio era bordato di pelliccia, simile a quella che rivestiva gli stivali che mi avvolgevano i piedi. In quanto orfana, non mi erano mai stati dati begli abiti o belle scarpe, ma sembrava che avrei camminato verso la morte vestita da regina.

I miei stivali non lasciavano tracce sul tappeto di foglie e muschio. Anche quando mi avvicinai troppo al ruscello e affondai nel fango nero, l'acqua riempì rapidamente l'impronta. Un minuto dopo il mio passaggio, non ce n'era più traccia.

Le storie avrebbero parlato di me? Rosalind, che aveva portato l'ultima arma del mondo nella tana del nemico? Oppure sarei stata dimenticata, come un raggio di sole che si sofferma su un ramo, che danza sulla superficie di un lago: qui un attimo prima, sparito quello dopo.

Mi arrampicai su una collina, costeggiando fitti banchi di alloro di montagna, spingendomi oltre i rami ricoperti di foglie lucide verde scuro. Mi facevano male le gambe e non era ancora mezzogiorno. La mia borraccia era rotta, quindi non avrebbe più contenuto l'acqua. Mi leccai le labbra secche e proseguii, tenendomi vicina a un ruscello, cercando di non pensare a dove mi avrebbe portata ogni passo.

Manderemo aiuto, mi avevano detto le streghe. Ma, come tanti altri nella mia vita, avevano mentito. Ed ero sola.

Più camminavo, più il mio terrore aumentava. Un suono mi fece fermare, ma poi realizzai che ero circondata dal silenzio. Il canto degli uccelli e il ronzio degli insetti, persino quello del pugnale, non si sentivano più.

Poi un suono lento e strascicato. Il vento si alzò e mi soffiò accanto, portando con sé la puzza di marcio.

Scesi dalla cima dell'altura e mi nascosi dietro un masso sporgente, premendomi contro la pietra ricoperta di licheni. Ora avrei dovuto procedere con cautela. Mi spostai, con le rocce che mi separavano dalle creature sottostanti. Quando scivolai e atterrai con forza sulla caviglia destra, slogandola, non urlai. Le mie unghie lacerarono la pietra ruvida, ma mi morsi il labbro e mi tenni in equilibrio. Non dovevo emettere alcun suono che il nemico potesse sentire.

Mi appoggiai alla gamba buona e zoppicai, ignorando i lampi di dolore che mi salivano lungo lo stinco destro. Avevo cose più importanti di cui preoccuparmi. Zoppicai finché non riuscii a fare capolino dal mio nascondiglio.

Sotto di me marciava un esercito di non morti. Forme grigie vestite di stracci, che marcivano a ogni passo. Al di sopra della pozza, si levava un altro odore nauseabondo: spezie bruciate e incenso, l'aroma delle erbe che si usavano per purificare i morti.

Mi ritrassi, strofinandomi il naso e con gli occhi che lacrimavano. Più mi soffermavo, più avrei sentito l'odore. E se fossi rimasta troppo a lungo, mi avrebbe fatta impazzire.

L'odore non proveniva da erbe o da qualsiasi altro essere vivente. Esisteva solo nella mia mente: una manifestazione

3

della magia del Re Cadavere. Non tutti potevano sentirlo come me. E questo era un altro dei motivi per cui ero stata scelta per questa missione.

"Hai il bacio del Re Cadavere, mia cara." La strega cieca mi *passò il pollice sulla fronte. "Lo vedi qui dentro. E si radica ogni giorno di più."*

"Non lo voglio," dissi, stringendo il pugno per non strofinarmi il viso. "Non voglio avere la sua magia su di me. Eliminala. Voglio essere normale."

"Ma tu non sei fatta per essere una ragazza normale. E questo lo sai."

"Perché non posso semplicemente rimanere sulla montagna?"

"Vuoi prendere un compagno?" chiese un'altra strega.

"No, ma lo farò se devo." La mia voce sembrava scontrosa, persino a me.

La strega si limitò ad accarezzarmi la guancia.

Mi coprii la bocca e il naso con il mantello e mi premetti una mano sul petto, dove il pugnale giaceva tra i miei seni. Sotto la veste, la pietra di luna sul pomo del pugnale brillava come in presenza del Re Cadavere, una piccola macchia di fuoco blu.

Non osai estrarre il pugnale. Si diceva che i servitori del Re Cadavere fossero attratti dalla pietra di luna per prenderla e portarla al loro padrone. Sapevo che era vero perché già una volta ero stata nella morsa del Re Cadavere, e avevo sentito la stessa sinistra attrazione che mi induceva a portargliela.

Anche adesso la sentivo.

Dovevo andarmene da questo posto.

Il mare di draugr - i non morti - si estendeva davanti a me. Come avrei fatto a superarli? Le mie dita frugarono nella mia sacca. Tra le briciole dei biscotti e gli avanzi di carne secca che avevo portato con me - le stesse razioni che erano

4

durate solo un giorno - c'erano alcune armi che le streghe mi avevano dato.

Usale con parsimonia, mi aveva detto la strega, *e solo quando non vedi alcuna via d'uscita.* Chiusi le dita intorno a una pietra runica. Ne avevo solo tre e mi trovavo davanti a un esercito di non morti.

Forse mi sarei mostrata a loro e mi avrebbero portata direttamente dal Re Cadavere. Potevo semplicemente avvicinarmi ai soldati barcollanti e sdraiarmi in segno di resa.

Cammina di tua volontà verso il cancello principale. Questo aiuterà a scoraggiare il Re Cadavere.

Non potevo arrendermi così facilmente. Avrei dovuto aggirarli. Questo avrebbe implicato l'abbandonare il ruscello, la mia unica fonte d'acqua. Non c'era alcuna certezza di trovare un'altra strada per aggirare le forze del Re Cadavere, ma dovevo provarci. Non potevo rischiare che i draugr mi catturassero.

Scesi di nuovo lungo la collina, trattenendo il fiato come se mi avrebbe aiutata a muovermi più silenziosamente. Se i non morti mi avessero percepita, sarebbero venuti a cercarmi. Dovevo aggirarli di nascosto e in silenzio.

Ma prima, un sorso dal ruscello. Era la mia unica fonte d'acqua e, se l'avessi abbandonata, non sapevo quando avrei bevuto di nuovo.

Passai accanto alle torreggianti felci, cercando di tenere gli stivali fuori dal fango. Nonostante i miei sforzi, però, il piede sinistro mi rimane incastrato nel fango nero. Riuscii a liberarlo, barcollando un po'. Un'ondata di dolore lancinante mi avvolse la gamba destra. Mi ero fatta male alla caviglia più di quanto pensassi, ma non avevo altro da fare che andare avanti.

Strinsi i denti e zoppicai ancora per qualche passo. Poi mi fermai.

Un guerriero era accovacciato accanto al ruscello, immo-

5

bile come un ceppo, come se fosse stato lì per tutto il tempo. Ma un attimo prima non c'era.

Mi bloccai, con un piede a mezz'aria, e fissai i suoi occhi azzurri. Il guerriero non indossava una maglia, ma solo gambali e stivali. Cinghie di cuoio gli si incrociavano sul petto ampio. Ancora accovacciato, si voltò verso di me con l'inquietante grazia di un uomo non completamente umano.

«Eccoti qui, ragazza,» disse. «Ti ho cercata dappertutto.»

Mi leccai le labbra ma non riuscii a trovare la voce. Non fece alcuna mossa per avvicinarsi, ma io feci un passo indietro verso la strada da cui ero venuta.

Le streghe mi avevano detto che avrebbero mandato qualcuno ad aiutarmi. Era lui?

Inclinò la testa, sollevando il naso per annusare la brezza. Le sue narici si dilatarono e i suoi occhi si accesero come torce per un brevissimo istante. «Ci sono dei draugr, oltre quell'altura. Non avrai intenzione di andare da quella parte, vero?»

Strofinai la parte anteriore della mia veste, sentendo sotto le dita la forma rassicurante del pugnale. «Non sono affari tuoi.»

Il guerriero si alzò in piedi con un movimento fluido e rapido, mantenendo il mio sguardo per tutto il tempo. Quand'era accovacciato, non mi ero resa conto della sua stazza. Ora aveva raggiunto la mia altezza e continuava a crescere, finendo per diventare una montagna di muscoli, cuoio e armi.

«Ah, ragazza, invece è affar mio eccome.» Tese una mano, muovendosi lentamente, come se fosse in acqua. Mi tirai indietro come se mi stesse offrendo un serpente. «Sono qui per riportarti indietro.»

CAPITOLO 2

 osalind

«INDIETRO? DOVE?» chiesi, confusa per un attimo. Poi il mio senno raggiunse la bocca. «Alla montagna dei Berserker?» Questo non era l'aiutante che le streghe mi avevano promesso. Era un Berserker. Uno dei miei ex rapitori.

«La terra del branco dell'Altopiano, sì. Al sicuro. Vieni, ora.» Flesse le dita per farmi cenno di avvicinarmi, come se fossi un cane ai suoi comandi. Mi fissai sui talloni in modo che i miei stivali affondassero ancora di più nel fango e nelle foglie ammuffite. «Torniamo al sicuro. Non hai visto i draugr in agguato su quella collina?»

«C'è un modo per aggirarli.» Speravo fosse vero. Ma non potevo sperare di sfuggire o di riuscire a schivare quel guerriero. Era enorme, un bruto, ne aveva anche l'aspetto, a dire il vero. Si era rasato parte della testa e i capelli rimasti, più lunghi, erano raccolti in trecce. La barba era tagliata corta

7

per incorniciare la bocca. La barbetta bionda nascondeva un accenno di sorriso, come se lo divertissi.

«Ti hanno mandato gli Alpha?» chiesi per prendere tempo. «Sono famosa per essere una piantagrane. Mi sorprende che non mi abbiano lasciata andare e basta.»

«Ci sono troppe poche donne perché ne perdiamo una. Siete tutte preziose, per noi.» La sua voce diventò così profonda da tramutarsi in un mormorio appena udibile al di sopra dell'incresparsi del ruscello e, quando inclinò la testa, i suoi occhi brillarono. Un attimo prima di blu, quello dopo d'oro.

Arricciai il labbro. «Allora ecco perché ci tengono. Devo fare da fattrice, proprio come le altre.»

«Non da fattrice, no. Non devi essere cavalcata nello stesso modo—»

Non potevo superarlo correndo, né aggirarlo. Così mi voltai e corsi indietro verso la collina, verso i draugr. Se dovevo scegliere tra correre verso il guerriero o verso i malvagi non morti, le truppe del Re Cadavere sembravano essere il rischio minore.

Il respiro mi pizzicava il petto mentre mi lanciavo su per le alture, grandi zolle di foglie cadute e rocce nascoste si staccavano dal terreno a ogni mio passo, minacciando il mio equilibrio. La caviglia mi faceva male e le fitte di dolore mi salivano su per la gamba. Ma riuscii a raggiungere il gruppo di massi contro cui mi ero fermata poco prima per perlustrare la strada da percorrere. Avevo quasi superato la pietra più grande quando un braccio muscoloso mi afferrò al petto e una mano mi tappò la bocca.

«Presa,» grugnì il guerriero, trascinandomi indietro. Lottai, mi dimenai, graffiai il suo avambraccio, ma quel braccio sulla vita sembrava una fascia di ferro.

Il guerriero mi trascinò indietro con successo. Le gambe

scalciavano selvaggiamente, i pesi nella sacca mi sbattevano contro la coscia, provocandomi dei lividi.

«Stai calma,» ringhiò. Mi stava riportando sulla strada sbagliata. La mia missione non sarebbe mai arrivata al compimento.

Ogni passo verso ovest era un passo che avrei dovuto ripercorrere. Gli occhi mi bruciavano, la gola mi si chiudeva. La caviglia mi pulsava.

Maledetto guerriero. Non potevo combatterlo. Avevo camminato un giorno e una notte, e non avevo più cibo. Il mio stomaco era vuoto e le mie membra troppo deboli. Potevo lottare con tutta me stessa e lui se ne sarebbe accorto a malapena.

Costrinsi il mio corpo a rilassarsi. Quando smisi di dimenarmi, lui allentò lentamente la presa. Ancora qualche passo e lasciò cadere la mano che mi teneva coperta la bocca. Il suo profumo mi avvolse, secco e fresco, con una nota dolce, come legno di cedro appena tagliato.

«Stai commettendo un errore,» dissi con una calma che non sentivo.

I suoi passi non vacillarono. «Non è sicuro che tu vada girovagando,» mi sussurrò all'orecchio.

«Lo so,» sbottai io. Pensava fossi stupida? «Devo continuare a camminare. Ne dipendono le nostre vite.»

Eravamo di nuovo vicino al ruscello, più in profondità nella boscaglia. Mi mise a terra, facendo scorrere l'abito e il mantello al loro posto prima che trovassi l'appoggio giusto e potessi spingerlo via.

«Le nostre vite? Spiegati.» Le sue labbra si arricciarono sotto la barba.

Non dire a nessuno della tua missione, soprattutto all'aperto, per evitare che il Re Cadavere ti senta e venga a conoscenza dei nostri piani.

Aprii comunque la bocca, ma le parole mi si bloccarono

in gola. Una mano invisibile mi strangolava, minando la mia capacità di parlare.

«Non posso dirtelo.» Mi toccai la gola, come se le mie dita potessero tirare fuori le parole che vi erano bloccate all'interno. Ma fu inutile. Il pugno intorno al collo si allentò, e io ansimai per riprendere fiato.

«Beh, allora lo dirai agli Alpha quando arriveremo nelle terre del branco.» Prima che potessi scappare, il guerriero mi spinse a sedermi su un tronco ricoperto di muschio. «Fammi vedere la gamba. Stavi favorendo l'una.»

Avrei voluto prendergli le mani a schiaffi, ma lui strattonò la mia gamba destra in avanti, costringendomi ad aggrapparmi al tronco per trovare l'equilibrio. Mentre ero impegnata a tenermi ferma, lui ripiegò l'orlo della veste e tenne fermo il polpaccio per far scivolare via lo stivale.

Chinò la testa, così vicina alla mia che riuscivo a distinguere le leggere lentiggini che gli punteggiavano la fronte.

Inspirai quando le sue dita scivolarono sulla pelle intatta.

Lui sollevò il capo. «Fa male?»

Scossi la testa e cercai di nuovo di tirare indietro la gamba. «È ancora delicata.»

Non mi lasciò, ma il suo tocco fu più leggero. Mi morsi il labbro mentre mi stiracchiava il piede da un lato, poi dall'altro. La mia gamba era pallida come il gambo di un fungo rispetto al tono dorato delle sue mani forti.

«C'è un po' di rigidità,» mormorò. «Nessun segno di gonfiore.»

Sibilai tra i denti mentre il suo tocco esplorava lo stinco dolorante. «Ci sono atterrata sopra, e male, vicino ai massi.»

Con un breve cenno del capo, tirò fuori una lunga striscia di cuoio che mi legò alla caviglia. Entrambi piegammo la testa e i nostri respiri si mescolarono intanto che armeggiava con la benda improvvisata. Il viso era ben modellato, sotto la barba bionda. Non mi capitava spesso di fissare un Berserker abbastanza a lungo da ammirarne l'aspetto, ma questo aveva già catturato la mia attenzione. Lo ricordavo nel periodo della mia prigionia sulla Montagna dei Berserker. Persino il naso leggermente storto aggiungeva una dura mascolinità al suo aspetto, rendendolo più bello.

No. Desiderare un guerriero, anche se col petto ampio e bello come questo qui, non era un lusso che potevo concedermi. Era il mio rapitore, niente di più.

«Non dovresti essere qui, ragazza.» La sua voce era mite, ma dura come l'acciaio.

Mi strofinai il viso. Ero stanchissima. «Devo continuare a camminare,» dissi. «Non posso dirti perché, ma è importante.»

«Va bene, ragazza.» I suoi occhi blu sembravano comprensivi. «Sono qui per aiutarti. Non vorrai essere trovata da quei cadaveri ambulanti.» Scosse la testa, mentre le grandi mani legavano la benda intorno alla ferita con movimenti abili. Mi sistemò il vestito ma non mi permise di alzarmi. Mi tenne la gamba e la sollevò, esaminando i miei stivali. «Sono ben fatti. Te li ha dati un guerriero?»

Mi stava chiedendo se uno dei suoi compagni, i guerrieri Berserker, mi avesse corteggiata con dei regali.

«No,» dissi allontanando il piede e dandogli le spalle. Mi si strinse così tanto il petto che faticavo a respirare. Ero stata catturata. Era tutto perduto, adesso.

Perché le streghe non avevano avvertito gli Alpha dei loro piani? Ora la mia ricerca era finita prima ancora di cominciare.

Un leggero strattone ai capelli mi costrinse a voltarmi. Il guerriero teneva una ciocca indisciplinata dei miei lunghi capelli tra il pollice e l'indice, accarezzando la matassa setosa.

«Quindi non sei stata corteggiata da nessun uomo?» Il timbro profondo della sua voce riverberò dentro di me.

«No,» dissi, e gli strappai i capelli dalla presa. Continuò a sfregare il pollice e l'indice con aria pensierosa.

Mi costrinsi a distogliere lo sguardo prima che mi vedesse ammirare l'agilità delle sue dita smussate o gli avambracci lisci e muscolosi che luccicavano di peli dorati.

Mi aveva chiesto se un uomo mi aveva corteggiata. «Perché ti interessa?»

«Sei una profetessa: la compagna perfetta per un guerriero Berserker. È ora che trovi un compagno. È questo il motivo per cui sei scappata?»

«No,» chiusi gli occhi. «Sì.» Forse. Ero rimasta per tutto l'inverno nella loggia delle profetesse senza compagno, desiderando una vita d'uscita. E ora eccola qui, ma mi avrebbe portata alla morte.

Le grandi dita del guerriero si chiusero intorno al mio polso. Anche se erano callose e avrebbero opposto una certa resistenza, come una catena, se lo avessi messo alla prova, la sua presa fu gentile.

«Va tutto bene, ragazza,» disse, «ti riporterò alla montagna sana e salva.»

Il guerriero mi aiutò a rimettermi in piedi e mi trascinò con sé. Lo seguii, barcollando un po'. I legacci alla caviglia la rendevano più stabile, ma ero esausta.

All'orfanotrofio, mia sorella giocava sempre con una bambola fatta di steli di mais e paglia. Mi sentivo fragile come quella figura vuota, fatta di pezzi di niente. Un solo alito di vento mi avrebbe portata via.

Seguii il Berserker senza protestare. Non potevo combattere contro di lui. Avrei dovuto trovare un altro modo per fuggire.

«Qual è il tuo nome?» chiesi, con la voce spenta come la lama del pugnale nascosto sotto la veste, che pendeva dal cordino che avevo al collo.

«Ragnar. E tu sei Rosalind.»

12

Ragnar

NON APPENA VIDI ROSALIND nella foresta, con i capelli che brillavano come una vena d'oro e la pelle pallida come la luna, pensai fosse una dea.

Era alta per essere una donna, ma non così tanto. Era la sua magrezza a creare quest'effetto. Rosalind era una lama d'acciaio sottile, temprata dal fuoco e pronta a colpire il primo uomo che si fosse spinto troppo vicino a lei.

«Conosci il mio nome.» La sua bocca aveva la sua solita curva altera. «Cosa sai di me?»

«Solo quello che ci hanno detto gli Alpha. Sei stata rapita dall'abbazia la notte in cui è stata distrutta. Sei una profetessa di grande bellezza.» La mia voce si addensò.

Lei scosse la testa e distolse lo sguardo, ma avevo notato il rossore sulle sue guance. Non era immune al mio interesse.

Continuai, con una nota compiaciuta a tingere il mio tono di voce. «Tua sorella è stata salvata dall'abbazia insieme a te.»

Rosalind tirò su col naso ma non mi interruppe. Le presi il braccio e la guidai più vicino al ruscello. Lì mi accovacciai per riempire la mia borraccia.

Guardò su e giù per la riva, studiando il fango nero.

«Cosa stai cercando?» chiesi, porgendole la borraccia e sollecitandola con un cenno quando esitò a bere.

«Le mie impronte. Sono sparite.» La sua bocca si contorse in un sorriso beffardo prima di sollevare la borraccia verso le labbra.

Rimasi immobile come un cacciatore che fissa la sua preda, osservando la sua gola mentre beveva. Non avevo mai visto Rosalind felice — *davvero* felice, riposata e in pace.

13

Andava in giro per la Montagna dei Berserker con un'espressione impassibile in volto. Qualcuno l'avrebbe definita altezzosa. Io la definivo tormentata.

«Ti è successo qualcosa,» dissi ad alta voce. «Qualcosa di terribile.»

Lei mi schernì e si asciugò la bocca. «Puoi dirlo forte.»

Mi venne in mente. «Mi ricordo. Ti sei persa durante il viaggio, sei stata intrappolata nella morsa del Re Cadavere. In una tempesta creata da lui. La sua magia ti vorticava intorno, creando una sorta di nebbia. I guerrieri che ti hanno difesa sono stati attaccati dai soldati non morti. Hanno combattuto per liberarsi e hanno salvato tutte le profetesse che avevano portato con sé, ma tu sei rimasta dispersa per giorni, vagando nella nebbia.»

Mi restituì la borraccia e io mi accovacciai per riempirla di nuovo. Mentre pensava che non stessi guardando, si lisciò il davanti della veste. Sotto il tessuto c'era la forma di un piccolo pugnale. La sua ama doveva essere abbastanza affilata da potersi incastonare tra i suoi seni. Se così fosse stato, non sarebbe servito a molto contro un aggressore. Non che qualsiasi arma possa scoraggiare un Berserker.

«Ricordo,» sussurrò Rosalind. Si portò una mano tremante alla gola, ma la sua voce rimase ferma. «Tenevo la mano di mia sorella e pregavo di poterla tenere al sicuro.»

Aveva una sorella più piccola, sulla Montagna dei Berserker. Cercai di ricordarne il nome. «Aspen,» dissi, e una rabbia incandescente inondò il volto di Rosalind, spazzando via la sua paura.

«Aspen è innocente. E ci avete trascinate via dall'unico posto che conoscevamo come casa.» I suoi piccoli pugni si strinsero lungo i fianchi. Il suo corpo tremava sotto la forza della rabbia, nonché della fatica e della fame. Era rimasta troppo a lungo in questi boschi, da sola, senza nessuno che si prendesse cura di lei. L'avevo trovata appena in tempo.

«Vi abbiamo salvate—»

«Ci avete messe in pericolo. Sul sentiero del Re Cadavere—»

«Stava venendo a prendervi. Eravate una facile preda, in quell'abbazia.»

Ci separavano solo pochi centimetri mentre mi guardava dal basso. Affrontare un guerriero grande quasi il triplo di lei, senza alcuna esitazione o istinto di sopravvivenza...

Oh, c'era una nota di paura nel suo odore: aveva una punta amarognola. Tuttavia, non aveva paura di me.

«Voi guerrieri ci avete prese nella notte. Ci avete spaventate a morte. E poi, sulla strada per la Montagna, nel bel mezzo della foresta e nonostante tutti i guerrieri che ci circondavano - gli stessi che avrebbero dovuto tenerci al sicuro - siamo stati attaccati.»

«È stata una tragedia,» ammisi. «Non sarebbe dovuto accadere. Dei miei compagni di branco sono morti, quella notte.» Nel buio e nella confusione, il Re Cadavere aveva usato i suoi poteri per far impazzire diversi Berserker. Molti di loro furono sopraffatti dalla bestia e dovettero essere abbattuti. «È stato orribile. Vorrei che non l'avessi vissuto. Ti abbiamo delusa, ragazza, e per questo ti chiedo scusa.»

Le sue labbra si schiusero, ma non disse altro. Era senza parole, con le guance arrossate. Ancora in preda a una silenziosa rabbia, come se le mie scuse l'avessero colta di sorpresa.

«Ma...» continuai. «Tu e le altre profetesse avete avuto un lieto fine. Siete state trovate e portate sul Monte dei Berserker—»

«Ci avete imprigionate!»

«E dotate di tutte le comodità.»

«Comodità,» sputò lei. Questa donna avrebbe litigato persino con un sasso.

«Sì, Rosalind. Comodità. Una loggia calda in cui vivere,

15

un posto asciutto dove poggiare la testa, carne e idromele e tutto ciò che il vostro cuore desidera.»

«Tranne la libertà.»

Volevo scuoterla. «Vi abbiamo salvate.»

«Pensavate di averci salvate,» disse lei, lasciando scivolare via la rabbia dalla sua voce, sostituita solo da una nota disperata che mi causò dolore. «Ma non eravamo al sicuro.»

«Il Re Cadavere non può raggiungervi sul Monte dei Berserker.»

Si passò una mano sulla fronte. «La sua copertura era più estesa di quanto sapessi.»

L'amarezza del suo odore aveva una sfumatura speziata. Incenso e chiodi di garofano: l'odore delle vesti funerarie. L'odore della magia del Re Cadavere ancora aggrappata a Rosalind. La bestia dentro di me ruggì. C'era qualcosa che non andava.

~

Rosalind

GIRAI I TACCHI, dando le spalle al guerriero mentre mi strofinavo la parte anteriore dell'abito. Magari fossi stata un uomo grande e forte come lui. Magari il pugnale fosse stato una spada gigante in grado di staccargli la testa dalle spalle troppo larghe. In grado di cancellare il sorriso compiaciuto dal suo volto incredibilmente bello.

«Cosa intendi?» La sua voce si addensò, trasformandosi in un ringhio. Sembrava che gli importasse, e una parte di me soffriva desiderando che fosse davvero così.

Mi aggrappai alla mia rabbia, il mio unico scudo contro la disperazione. Come osava parlare del ratto dell'abbazia da parte dei Berserker come se fosse stato un salvataggio?

16

Ricordai quei giorni di vagabondaggio, le mani di mia sorella piccole e fredde nelle mie. La sua fiduciosa innocenza appoggiata come un macigno sul mio petto.

I guerrieri ci avevano trascinate via dall'unico posto che conoscevamo come casa. Pensavano di averci salvate dal re Cadavere, ma il suo raggio d'azione era più lungo di quanto pensassero. Mi aveva parlato per tutto l'inverno. Mi aveva parlato in sogno, con visioni e sussurri spettrali che mi riecheggiavano nella testa finché non mi doleva. Ma questo era un segreto che nessuno conosceva, nemmeno le streghe.

Non potevo dirlo a nessuno. Soprattutto non a questo Berserker.

Era alle mie spalle, ma il suo calore penetrava dentro di me, scaldandomi le ossa gelate. «Dimmi, Rosalind.»

«Non ti riguarda.»

«Invece sì. Ora sei affidata a me, ragazza. Ti darò da mangiare e da bere e ti porterò al sicuro.»

Sospirai e mi sfregai la nuca, tornando a voltarmi verso di lui. «Fai quello che devi.» Avrei fatto del mio meglio per ostacolarlo.

Ragnar sollevò la borraccia di pelle e bevve un gran sorso. Alcune gocce d'acqua rimasero incastrate nella barba. Non si poteva negare che questo Berserker fosse particolarmente attraente. E lo sapevo.

Forse avrei potuto usare la sua vanità e sfruttarla per i miei scopi. Come la maggior parte degli uomini che mi consideravano bella, non avrebbe immaginato che il mio aspetto fosse un'arma che brandivo a mio vantaggio. Non avrebbe avuto idea di come avrei usato la mia bellezza per accecarlo, finché non sarebbe stato troppo tardi.

«Desideri una compagna?» chiesi sottovoce, giocherellando con i miei capelli. Il colore dorato non era brillante e solare come quello di mia sorella, ma attirava comunque lo sguardo degli uomini come una torcia. Sapevo, anche senza guardarlo, che Ragnar mi stava osservando.

«La maggior parte del branco ne desidera una.» Si accovacciò per riempire ancora una volta la borraccia. «Alcuni fortunati hanno trovato la loro compagna, ma prima devo dimostrare di essere all'altezza. Fortunatamente, con il Re Cadavere che si sta ribellando a noi, ci saranno molte battaglie.»

Naturalmente, un Berserker sarebbe stato contento della possibilità di combattere in battaglia. *Bruto.*

«Hai un fratello guerriero?»

«Tutti i miei compagni guerrieri sono fratelli.» Scrollò le spalle.

«Non cresce un legame tra due guerrieri per aiutare a tenere a bada la follia dei Berserker?» Già conoscevo la risposta alla mia domanda. Avevo imparato molto durante l'inverno, durante il periodo trascorso sulla Montagna dei Berserker.

«Può aiutare,» rispose seccamente.

«Ho sentito dire che ogni guerriero bilancia l'altro.» Mi lisciai la ciocca di capelli e corrugai la fronte. «Ti preoccupa? Che la follia che affligge i Berserker si abbatta più rapidamente su di te?»

Dal modo in cui distolse lo sguardo da me per scrutare le ombre della foresta con la mascella rigida come la pietra, capii che era proprio così.

«Vieni,» disse in tono più burbero. «Non dobbiamo indugiare. Voglio essere di ritorno per l'alba.» Mi tese la mano.

Avevo viaggiato per quasi due giorni e una notte. Sembrava che mi avrebbe riportata indietro in metà del tempo.

«Sono stanca,» mi lamentai dolcemente. Cercavo la sua compassione.

«Avresti dovuto pensarci prima di correre.» Non aspettò

che prendessi la sua mano, anzi si sporse, afferrò la mia e mi trascinò con sé. Strinsi i denti per il suo passo accelerato.

«Cammineremo tutta la notte?»

«Sì, se dobbiamo.»

Sbuffai e lasciai che mi guidasse trascinandomi per la foresta. Almeno la caviglia non mi faceva più male. Non che lo ringraziassi per il suo aiuto.

«Sei l'unico guerriero che hanno mandato a cercarmi?»

«Ha importanza?» chiese senza voltarsi. «Sono quello che ti ha trovata.»

Colsi la nota trionfale nella sua voce. Se fossi riuscita a scalfirla, a scavare un po' più a fondo... «Ne sei orgoglioso.»

Non ebbi risposta. Tenne sollevato un ramo in modo che potessi abbassarmi sotto di esso.

Ci riprovai. «Pensi che gli Alpha ti ricompenseranno, se porterai a termine il tuo compito.»

«Gli Alpha hanno decretato che le profetesse rimanenti possono scegliere i loro compagni.»

«Ma se dovessi dare prova di un servizio impeccabile, di un po' di coraggio, potrebbero permetterti di sceglierne una da solo.» Resi la mia voce morbida e sensuale, liscia come seta che scivola sulla pelle.

Lui mi ignorò. Quando si fermò per un attimo per annusare il vento, lasciai posare una mano sulla sua schiena, un centimetro sopra i muscoli abbronzati. «Non c'è bisogno di aspettare. Potresti ricevere la tua ricompensa proprio qui, adesso.» Non riuscii a trattenere il tremito che mi tinse la voce. Non sapevo con chi sarei stata più infastidita: con lui, se fosse caduto nella mia palese trappola di seduzione, o con me stessa, per averlo voluto, sotto sotto.

Teneva il viso puntato verso il cielo, la mascella serrata. «A che gioco stai giocando?»

Ritrassi la mano. «A nessun gioco,» mentii. Era un piano semplice, quello di sedurlo. Di distrarlo dalla sua ricerca, almeno. Se fosse caduto ai miei piedi, avrei potuto convincerlo a lasciarmi andare, o almeno a prendere tempo finché non fossi riuscita a svignarmela.

Girò la testa solo per trafiggermi con uno sguardo gelido. «Capisco quando mi menti.»

Mi bloccai come un coniglio che viene visto dal cacciatore. Dal lupo, in questo caso. Il mio battito accelerò, ma mi costrinsi a rispondere. Ero senza fiato. «Forse mi piace giocare.»

Lui grugnì e mi prese la mano, tirandomi di nuovo con sé. «Non ti piacerebbe il gioco che voglio fare.» La sua bocca si curvò sotto la barba. Stava ridendo di me. Rideva!

Strappai la mano dalla sua presa. Non riuscii a fermare il fiume di parole taglienti. «Forse gli Alpha non ti ricompenseranno con una compagna. O forse lo faranno, ma non sarò io. Dirò loro che desidero prendere un compagno e che farò io la mia scelta, ma sarà chiunque *tranne* te. Dovrai guardare mentre mi daranno a un altro.»

Un ringhio si levò dal suo petto. Stavo vincendo.

«So che mi hai notata, sul Monte dei Berserker,» mormoro civettuola. «So che sono io quella che vuoi. È per questo che ti sei impegnato così duramente per trovarmi prima degli altri. Ma non mi avrai mai—»

La mano di Ragnar mi lasciò e si chiuse sul mio braccio. Mi fece ruotare e costrinse i miei piedi ad arretrare finché non mi ritrovai con la schiena contro l'ampio tronco di una quercia.

Il suo petto ampio si gonfiò mentre sussurrava: «Stai attenta, Rosalind. Ho promesso di salvarti. Tuttavia, sono un Berserker, e ho poca pazienza. Faresti bene a obbedire.»

Schiacciata contro l'albero, con la testa inclinata per guardarlo, sentii la pesante lunghezza della sua eccitazione, grossa come una clava contro la mia gamba.

«Non oseresti—»

Si avvicinò così tanto che i miei seni sfiorarono il suo petto nudo. Anche attraverso l'abito, i muscoli duri mi sfiorarono i capezzoli sensibili. Il calore mi attraversò, colorandomi le guance.

«Mettimi alla prova.» Il suo sussurro mi solleticò l'orecchio. «Mi piacerebbe farti comportare bene.» La peluria sulla mia nuca si rizzò, ma il resto del mio corpo reagì come se mi avesse promesso del piacere, non una punizione. Il mio ventre si contrasse contro l'accumulo di nettare tra le mie cosce.

Mandai giù la mia reazione stizzita e annuii.

Mi tenne ferma per qualche altro battito di cuore, poi fece un passo indietro e mi prese di nuovo la mano.

«Andiamo. Abbiamo molta strada da fare.»

RIMASI in silenzio per il resto della giornata. Cercai altre occasioni per fuggire, ma Ragnar mi teneva in pugno. Sarebbe stato meglio aspettare e riservare le forze per il momento giusto. Tuttavia, quando il giorno lasciò il posto all'oscurità e la luna si alzò, lasciai che la mia testa si piegasse. Ero l'immagine di un'obbedienza codarda, troppo stanza per mostrare la mia forza. Sembrava che ragnar ci avrebbe fatti camminare per tutta la notte.

Poi, quando entrammo in uno spazio verde tra i pini, si fermò e sistemò la sua sacca ai piedi di un albero. «Fermiamoci qui per ripararci.»

Finalmente. Alzai la testa. La notte si era ormai posata su di noi, ma la luna era quasi piena e proiettava abbastanza luce da permettermi di vedere.

Mi diressi verso un albero per alleviare i miei bisogni. Ragnar, però, mi fermò mettendomi una mano sul braccio.

«Ho bisogno di un momento,» sbottai.

«Così da poter fuggire?»

Alzai il mento. «Ho bisogno di privacy. Non scapperò, te lo prometto.»

«Manterrò la tua promessa.» Mi lasciò andare. «Se scappi, Rosalind, ti darò la caccia. E le conseguenze non ti piaceranno.»

Mantenni il suo sguardo finché non andai dietro a un albero. Mi accovacciai per un attimo, assicurandomi di essere ben nascosta.

Nella radura, Ragnar stava usando la sua ascia per tagliare la legna e accendere un fuoco.

Ancora piegata a metà, scivolai tra le felci e mi misi a correre.

Mi tenevo la gonna intorno alle ginocchia, maledicendo la mia pesante sacca. Persino il pugnale tra i miei seni sembrava più pesante.

Le gambe mi bruciavano a causa dello sforzo del giorno e del viaggio di quello prima ancora, ma una rinnovata energia mi attraversò il corpo mentre correvo. La mia caviglia protestava per il passo veloce, ma riuscivo a poggiare il peso sulla gamba senza sentire dolore. Ragnar si era premurato di fasciarmela, e ora sarebbe stata proprio la sua attenzione ad aiutarmi a sfuggirgli.

Foglie e rami mi sferzavano il viso e le mani. Corsi attraverso i folti cespugli. Foglie scure e lucide mi graffiavano il viso. Un ramo mi tagliò la guancia. Non importava. Avrei corso anche tra una macchia di rovi, se avessi dovuto. Qualsiasi cosa pur di sfuggire al mostro ruggente che mi stava inseguendo. Il sangue nelle vene e il battito del mio cuore mi ruggirono come una tempesta nelle orecchie. *Non guardare indietro.*

Le mie gambe mi tradirono e inciampai. Mi tenni in equilibrio prima di perderlo e precipitare sul terreno della foresta. Le mie mani raschiarono il muschio, strappando pezzi di terra mentre mi sollevavo.

Barcollai in piedi. Il mostro mi era quasi addosso. Mi spostai a sinistra, premendomi contro un tronco per riprendere fiato. Forse potevo nascondermi. Forse i sensi del mostro sarebbero stati confusi, e avrei potuto sfuggirgli quando non mi guardava. Forse—

Un artiglio bestiale si chiuse sul mio braccio. Ragnar mi tirò fuori dal mio nascondiglio. Diedi una rapida occhiata al suo volto terrificante: il muso del lupo, la pelliccia nera che spuntava a ciuffi sul suo corpo. Metà uomo e metà bestia, una sagoma slanciata nata dalla fusione tra i due. Enorme. Mostruoso. Ammantato di pelliccia nera e oscurità.

Chiusi gli occhi.

La bestia mi fece cadere sulla schiena. Giacevo alla sua mercé, con i palmi ai fianchi, mentre il mostro si allungava su di me. Se la bestia mi avesse strappato la gola, non avrei potuto fermarla.

Un alito caldo mi colpì il viso. Il peso del mostro mi teneva bloccata intanto che mi esplorava, annusandomi il collo e poi il petto, e proprio allora si ritrasse bruscamente. Non potei farne a meno. Aprii le palpebre. La bestia pericolosa che aleggiava su di me risvegliava in me ogni paura primordiale. La sua pelliccia mi sfiorò le braccia.

Mi leccai le labbra. «Ragnar,» sussurrai con voce roca. Forse potevo richiamare l'uomo alla ragione.

«Silenzio,» mormorò il mostro con la voce di Ragnar. Forse non si era ancora perso. Gli occhi dorati brillavano come torce luminose nella notte. La mole mostruosa di Ragnar era più grande di quella che aveva da uomo. I muscoli si addensavano sugli avambracci, i gomiti terminavano in ciuffi di pelliccia nera. Erano quelli di un lupo, di una bestia. Le zampe erano grandi quanto la mia testa. Gli artigli, mostruose mezzelune nere, si incurvavano come coltelli da scuoiatura.

Mi battevano i denti. Nel profondo, questo mostro era un Berserker, e mi desiderava. Anche adesso, il suo membro mi pungolava il ventre.

«Ragnar. Per favore.»

Il suo corpo si irrigidì, inarcato all'indietro. La bestia sollevò la testa verso il cielo scuro, ed emise un mezzo ruggito che terminò con due note malinconiche. Un lungo, agghiacciante ululato.

L'inverno scorso, di notte, mi coricavo a letto e ascoltavo l'ululato dei Berserker per celebrare il cameratismo del branco, per piangere la solitudine della loro esistenza. per sperare di trovare una sposa Berserker.

Ora, il suono vibrava nel mio corpo. Desideravo sfregarmi le braccia per alleviare la pelle d'oca. Ma non osai muovermi.

«Rosalind,» mormorò la bestia, e la sua pelliccia prese a ritirarsi. Le mie dita si contrassero. Se avessi sollevato la mano, avrei potuto accarezzare i lineamenti e sentirli emergere dalla forma bestiale. Avrei sentito il volto che prendeva forma: il muso del lupo che si ritirava, lasciando il posto al lungo naso umano. Il naso di Ragnar, la parte superiore rotta in qualche vecchia rissa. La fronte fiera, le guance ampie coperte di barba. Per qualche ragione, la barba sembrava più corta, come se fosse stata tagliata solo da pochi giorni.

Infine, apparvero i luminosi occhi azzurri, insieme alla testa mezza rasata e alle trecce.

Lo toccai allora, tracciando le sue sopracciglia, facendo scorrere le dita sulla forma della sua bocca.

«Sei tornato da me,» dissi.

Ragnar era appoggiato su di me, con le sue forti braccia ai lati del mio corpo. Tutto il suo corpo rabbrividì.

«Sì. Ma c'è mancato poco.» Abbassò la testa, la barba mi

graffiò il viso mentre avvicinava la bocca sulla mia per baciarmi con tutta la ferocia di un mostro. Mi irrigidii, poi qualcosa mi squarciò il petto. Lo accolsi, le mie braccia gli cinsero le spalle mentre lo baciavo con tutta la passione che avevo dentro. Le nostre lingue si intrecciarono e lottarono. E il mio corpo si sollevò per avvicinarsi al suo. La parte più intima di me soffriva. Se solo avessi potuto premermi contro di lui—

Si staccò, lasciandomi a terra tremante. Si alzò, in qualche modo con ancora addosso i calzoni e le cinghie di cuoio sul petto. Una era stata rotta dalla trasformazione: la massa di muscoli della bestia l'aveva tesa tanto da spezzarla. La strappò e la gettò via. Poi allungò le mani verso il basso e mi sollevò, issandomi sulle sue spalle. La sua mano mi colpì il sedere e io emisi uno squittio in risposta.

«Questo è per avermi mentito.»

«Ragnar!» Scalciai ma non riuscii a liberarmi. Lui mi bloccò le gambe con un braccio e mi sculacciò nuovamente. «Stai ferma. Ricordi cosa ti ho detto? Sei scappata, ora ne affronterai le conseguenze.»

CAPITOLO 3

 osalind

RAGNAR MI GETTÒ a terra accanto a un mucchio di bastoni e sterpaglie che aveva raccolto e tornò ad accendere il fuoco. Con calma, come se non fosse successo nulla.

Mi spostai sul fianco. Mi bruciava ancora il sedere per i suoi schiaffi. Probabilmente le mie natiche portavano l'impronta della sua mano. Accavallai le gambe e cominciai a togliermi foglie e rametti dai capelli. «Dovevo provarci.»

«Perché?» ringhiò lui. «Là fuori non c'è niente per te. Solo pericoli. Qui, invece, sei al sicuro. Perché sei scappata?»

«Per essere libera,» sbottai.

La sua ombra cadde su di me, ma si limitò a posare la borraccia accanto al mio corpo. «Cos'è la libertà se ti uccide?»

«Detto da qualcuno che non è mai stato messo in gabbia...» risposi, spostandomi sul sedere dolorante.

«Viviamo tutti in gabbie. Grandi o piccole che siano, sono

26

per lo più di nostra creazione. Non esiste un potere così infinito da poter sfuggire a tutto ciò che si odia.»

«Io posso provarci,» mormorai, piantando i talloni a terra. «Almeno posso sfuggirti.»

«Non c'è modo di sfuggirmi.»

Accese il fuoco e tirò fuori un pacchetto di carne secca fatto con le foglie. Quando me ne mise una striscia davanti al viso, serrai la mascella ignorando il gorgoglio dello stomaco.

«No,» risposi, avvolgendomi le ginocchia con le braccia.

«Sì, Rosalind. Devi mangiare per mantenerti in forze. Soprattutto se hai intenzione di continuare a opporti a me.»

Aveva ragione. Gli strappai la carne di mano e masticai, imbronciata.

Il fuoco crepitava tra noi. Mi diede altra carne, visto che mi serviva, e ci passammo la borraccia piena d'acqua.

«Non sarà così male tornare sulla montagna,» disse dolcemente. «Sarai al sicuro.»

«Sei mai stato prigioniero?»

«Non nello stesso modo.»

Si alzò per tagliare altra legna per alimentare il fuoco che si stava affievolendo. In sua assenza, riflettei sulle sue parole. La follia dei Berserker era una sorta di prigionia. Come sarebbe stato vivere per tanti anni, con quella potenza, senza mai sapere quando la tua stessa mente ti avrebbe tradito?

«Mi dispiace,» dissi quando tornò da me. «È stato crudele menzionare la follia.»

«Sei perdonata.» Finì di accatastare i ceppi sulla brace e si spolverò le mani. «Hai finito di mangiare?»

Presi un altro sorso dalla borraccia e mi asciugai la bocca. «Sì, grazie.»

«Brava ragazza.» Si tolse le cinghie di cuoio e le mise da parte insieme alle armi sguainate. «Ora,» disse lui. «Dobbiamo occuparci della tua punizione.»

L'ultimo boccone di carne che avevo preso si trasformò in sabbia. «Punizione?»

«Mi hai disobbedito.»

Deglutii. «Non ho mai promesso che avrei obbedito.»

«Ti sottometterai alla mia parola finché non raggiungeremo casa nostra.»

«La montagna non è casa mia,» sbottai. «Io non ho una casa.»

Questo lo fece riflettere. «Eppure...» Si accarezzò il ginocchio.

Alzai il mento. «Se pensi che striscerò da te per la mia punizione—»

«Non c'è bisogno che strisci,» rispose, «a meno che non lo desideri.»

Il suo braccio scattò in avanti e mi afferrò il polso. Con una rapida mossa, mi trascinò sulle sue ginocchia.

Scalciai mentre mi tirava su la gonna, ma il suo braccio mi bloccò e non potei scappare. L'aria mi colpì la pelle nuda e rimasi immobile. La mia parte inferiore era totalmente esposta, vulnerabile.

«È saggio farlo?» chiesi, sollevando la testa. Ero a faccia in giù, con i capelli che penzolavano intorno al viso. Lui si preoccupò di raccogliere le ciocche bionde e le sistemò come avevo fatto prima, sfilando le foglie che si erano incastrate mentre io giacevo col sedere al vento.

«Cosa è saggio?» La sua voce raspò come un coltello che raschia contro una pietra affilata.

«È saggio giocare con me in questo modo?» Mantenni la voce uniforme. «Se la bestia è così in superficie...»

«Alla bestia piace punirti.» La sua mano si posò sul mio posteriore nudo e io sobbalzai. «Ora stai ferma.»

Mi irrigidii quando mi accarezzò il sedere. Le ginocchia di Ragnar e i muscoli della sua coscia erano duri sotto il mio busto, ma la sua mano era delicata mentre strofinava la mia pelle sensibile.

«Vuoi farla finita?» Feci in modo che la mia voce fosse acuta, ma uscì fuori solo un respiro affannoso.

Lui ridacchiò. «Metti alla prova la pazienza di un uomo.» Lasciò scivolare un dito più in basso, tra le mie gambe. «La tua passera, a differenza della tua bocca, non mente. Ti piace, Rosalind.»

Il suo tocco mandò un'ondata di calore ad attraversarmi. «Non mi piace,» negai. «Non lo voglio. Rischi di trasformarti in bestia—»

«Avresti dovuto pensarci prima di scappare.» Poi la sua mano si abbatté sulla mia carne nuda. Un colpo di avvertimento, più suono che bruciore. Strillai e mi dimenai. La mano opposta si posò sulla mia schiena bassa per tenermi ferma. «Queste sono le conseguenze,» disse lui. «Non scappare più da me.»

«E anche se lo facessi?» Non riuscii a trattenermi dal contestare.

«Se lo fai, ti insegnerò di nuovo la lezione.» E la sua mano mi colpì, sculacciandomi sonoramente, con il palmo che colpiva ogni natica a turno.

Mi morsi il labbro per non gridare: non gli avrei dato questa soddisfazione. Poi le sue dita si intrufolarono tra le mie gambe e sussultai.

«Ragnar!» Mi agitai un po' e lui mi diede uno schiaffo sul sedere abbastanza forte da farmi sbattere le palpebre.

«Stai ferma,» ordinò. «Io ho il comando. Questa è la tua punizione.»

La sua mano cinse la natica arrossata. Palpitava, la carne sembrava fondersi. Magari gli stesse bruciando il palmo!

«Mi compiacerai soltanto, Rosalind,» disse poi, «se scappassi di nuovo.» E fece scivolare due dita tra le mie gambe per posarle tra le mie pieghe. Quasi gridai, perché sarebbero bastati pochi colpi e avrei trovato sollievi. Il desiderio continuava ad accumularsi nel mio ventre.

Mi bruciava il sedere ma non osavo muovermi.

«Non è giusto,» sbottai. Non avevo voluto io questa missione. Mi era stato promesso aiuto e Ragnar era l'opposto, inviato dagli Alpha per un malinteso.

«La vita non è giusta, piccola fuggiasca.» Le sue dita si mossero leggermente, sfiorandomi l'intimità. Se solo si fosse spinto di più tra le pieghe e avesse trovato il nodino scivolo tra esse...

Non avevo mai sentito un desiderio così intenso divampare in ogni angolo del mio corpo. Il mio sesso era fradicio. E l'odore dei miei umori si diffuse tutt'intorno a me. Ragnar inspirò, e un rantolo si levò dal profondo del suo petto. Il suono si depositò fin nelle ossa.

Una sensazione curiosa mi assalì, e mi afflosciai sulle sue ginocchia, quasi arrendendomi.

Chi avrebbe mai immaginato che la resa fosse così dolce?

«Ecco,» mormorò, un semplice sussurro.

Mosse le dita, toccandomi abilmente. Accarezzò le mie pieghe, trovando la mia entrata bagnata ed esplorandone i contorni.

«Rosalind.» La sua mano si allontanò e lo sentii leccarsi le dita. Sotto il mio ventre, sentivo il suo membro rigido. «Rosalind, non sapevo che...» Le sue dita tornarono sulle mie pieghe, stuzzicandole, toccandole, danzando dolcemente intorno ai miei punti di piacere. Spingendomi sull'orlo del baratro. Se avessi potuto dimenare i fianchi, avrei raggiunto il piacere ma, quando mi mossi, Ragnar tolse la mano dalle mie pieghe per colpirmi di nuovo il sedere.

«Chi ha il controllo?»

Lasciai penzolare la testa. «Tu.»

«E a chi obbedirai?»

«A te.» Mi si incrinò la voce. *Per il momento.*

Come se avesse percepito la mia sfida, Ragnar ordinò: «Dillo di nuovo.»

«Ti obbedirò,» urlai, con la voce tesa e sfidante.

«Proprio così. E se scappi, verrai punita. Ma se obbedisci...»

Trattenni il respiro. Il suo palmo scivolò sul mio sedere castigato e si addentrò tra le mie gambe.

«Alla fine, riceverai una ricompensa.» Le sue dita toccarono un punto dolcissimo tra le mie pieghe. Il piacere divampò in un debole arco dorato attraverso il mio corpo, promettendo l'arrivo di una sensazione più intensa.

Tuttavia, lui ritirò le dita.

«Non stasera. Non te lo sei meritato.»

Strinsi i denti per non gridare. In me si stava alzando una tempesta, una burrasca di bisogno e desiderio selvaggio. E frustrazione. Volevo ululare.

Mi tirò su, sistemandomi l'abito. Strinsi i pugni per evitare di schiaffeggiarlo. Mi sfiorò il viso per asciugare una lacrima che era sfuggita e mi aveva rigato la guancia. «Stai bene?»

«Sto bene,» dissi bruscamente. Mi lasciò andare verso il mio lato del falò. «Ti odio.»

«Non ti piacevo nemmeno prima. Non ho subito alcuna perdita.» Si leccò di nuovo le dita, poi accese il fuoco e stese a terra uno spesso mantello. «Vieni qui.» Mi tese una mano.

Lo fulminai con lo sguardo.

«Rosalind. Se fosse stato per me, avrei viaggiato per tutta la notte, portandoti in braccio quando non avresti potuto procedere oltre. È questo ciò che vuoi?»

«No.»

«Allora vieni qui.» La sua barba nascondeva la curvatura divertita della sua bocca.

Trascinai i piedi per tutto il tragitto. «Non voglio sdraiarmi accanto a te.»

31

«Consideralo parte della tua punizione.» Mi tirò a terra e mi prese entrambi i polsi per avvolgerci intorno un filo di cuoio.

Digrignai i denti e le sue labbra si curvarono così tanto da far balenare una zanna bianca.

«Punizione, piccola fuggiasca.»

Mi fece rotolare su un fianco e mi strinse contro di sé. Mi accoccolai al riparo del suo corpo possente. Una grande mano si allungò per controllare i lacci intorno al mio polso, poi scivolò a cingermi il fianco. Il ricordo del suo palmo duro mi fece prudere il sedere. Avrei potuto lottare e cercare di allontanarlo per principio, ma non sarebbe servito a nulla. Le sue gambe muscolose erano come tronchi d'albero, in confronto alle mie.

«Dormi, adesso,» ordinò. «Torneremo a casa domattina.»

«Non è casa mia. Non ho mai avuto una casa.» Solo gabbie, alcune più grandi, altre più piccole, ma nessuna abbastanza ampia da permettermi di respirare.

Quando arrivò la sua voce, sembrò lontana. «Mi dispiace, piccola fuggiasca.» Ma io ero troppo in preda alla morsa del sonno per rispondere.

NON AVREI CEDUTO al sonno così facilmente se avessi saputo cosa mi aspettasse. Nel mio sogno, giacevo avvolta in una pozza di nebbia. Enormi pini mi sovrastavano. Al di là di essi, sagome scure correvano nella foresta: Berserker che combattevano contro nemici invisibili.

Una forma spettrale mi si parò davanti, la nebbia si dissolse fino a quando rimase solo una sagoma incappucciata. Un uomo ammantato, alto e magro, con mani bianche come l'osso. Le dita si allungarono verso di me. *Rosalind...*

In lontananza, un corvo gracchiò. *Segui il corvo*, mi disse la

32

voce della strega. Tuttavia, non riuscivo a vedere né a sentire dove fosse andato l'uccello, tanto meno a seguirlo. Le mie gambe sembravano bloccate come se la fitta nebbia fosse un pantano.

L'uomo ammantato schioccò le lunghe dita, e ci ritrovammo su una rupe. Sotto di noi, c'era un esercito in armatura scintillante che si estendeva per chilometri come un mare argenteo. Ranghi su ranghi di truppe complete di elmo, in piedi in un inquietante silenzio. Oltre esse, si ergeva un castello di ossidiana. Il cancello era alto come una montagna e le torrette scomparivano nelle nuvole.

Tutto questo sarà tuo, disse l'uomo ammantato. *Fai la tua scelta.*

Il vento mi sferzava la gonna. «Togli il cappuccio,» gli ordinai con le labbra gelate.

L'uomo alzò le mani pallide e spinse indietro il cappuccio. Il volto che rivelò era quello di uno scheletro. Aprii la bocca per urlare ma...

Un basso rombo mi fece sobbalzare. Ero sdraiata su un fianco, con Ragnar alle mie spalle. La luna pendeva alta sopra di noi, perfettamente rotonda come una moneta luminosa.

Il mio corpo era avvolto dal calore. Avevo il collo piegato e la pelliccia mi sfiorava la pelle nuda.

«Ragnar?» biascicai, disorientata.

Una zampa scivolò nel mio campo visivo, allungandosi verso di me. La luce della luna scintillava sui lunghi artigli. Mi scostai, ma il mostro mi afferrò la spalla e mi fece rotolare sulla schiena.

«Rosalind.» La voce di Ragnar fu inghiottita dal ringhio gutturale di una bestia. La sua mole scura incombeva su di me, coperta di pelliccia.

Il mio corpo si irrigidì, il cuore sembrava volermi uscire dal petto.

Questo non era Ragnar, ma un Berserker fuori controllo.

33

La bestia aveva preso il sopravvento.

«Rosalind,» raspò.

«Cos'è successo?» sussurrai. Forse c'era ancora abbastanza Ragnar da rispondere alla mia domanda. Forse avrei potuto farlo parlare, farlo ragionare con me...

«La tua presenza sveglia la bestia.»

Stavo per morire. Cominciai a dimenarmi, ma avevo le mani legate.

«No, stai ferma. Non ti farò del male.» La forma scura della sua testa si abbassò. Pelliccia nera, denti scintillanti come pugnali.

Chiusi gli occhi.

La bestia, per metà Ragnar, mi accarezzò il collo col naso. «La bestia ha fame di te.» Qualcosa mi sfiorò la spalla. Magari un dente? Un artiglio? «Stai ferma,» mormorò Ragnar, con il suo respiro caldo sul mio viso. «Stai molto ferma.»

Il mostro si teneva sopra di me, con enormi braccia coperte di pelo ai lati della mia testa. Il calore si propagava tra noi. Il sudore mi colava lungo le tempie e più in basso... Il bisogno divampava tra le mie cosce.

Il mostro abbassò la testa e mi annusò la mascella. Così vicino, col respiro così caldo. Aveva ancora l'odore di Ragnar, di trucioli di cedro fresco. Un profumo calmante.

Qualcosa cambiò tra noi, come se ci fosse un trasferimento d'energia. Come un lampo, invisibile ma sufficiente a farmi rizzare la peluria sulle braccia. La paura si trasformò in attesa.

Spostai leggermente i fianchi. Per qualche ragione sconosciuta, i miei seni erano gonfi, doloranti.

Il mostro annusò più in basso il mio corpo. Un solo affondo e i suoi denti avrebbero potuto raggiungermi la gola, strapparmi il cuore. Il pelo sfiorava la pelle sensibile sulla mia clavicola. La testa della bestia si posò sul mio petto, annusandolo. Quando annusò il pugnale, la pietra di luna si accese e la creatura indietreggiò come se l'avesse morso.

Mi irrigidii. Il ritorno della paura spazzò via tutto il mio desiderio. «Ragnar,» sussurrai. «Torna da me.»

«Sono qui,» rispose con voce lenta e pigra. Si era ritratto, la sua sagoma scura che oscurava il cielo. Io giacevo nella sua ombra, l'unica luce era quella dei suoi occhi.

Mi leccai le labbra. «Cosa faccio?»

«Non combattere. Non fuggire. Non temere.»

Deglutii. Ogni respiro che prendevo mi sembrava pesante. «Non posso fare a meno di sentire ciò che provo,» dissi. Parlavo sempre quando avevo paura, come se le mie parole potessero allontanare il mio terrore.

«Non hai bisogno di temermi.» Sembrava ubriaco. La luce della luna inondò i miei occhi quando si allontanò da me. Il peso della bestia mi abbandonò, ma il calore rimase. Il mostro si sistemò di nuovo dietro di me.

Ero sdraiata accanto alla montagna di pelliccia e zanne, chiedendomi quando la bestia si sarebbe trasformata e mi avrebbe restituito Ragnar. Avevo paura di controllare alle mie spalle.

Quando parlò di nuovo, la sua voce era chiara. «Pace, Rosalind. Tu plachi la bestia».

Le mie membra si rilassarono. Mi distesi su un fianco. Quando il braccio peloso di Ragnar si avvicinò per stringermi a sé, ero troppo stanca per preoccuparmi. La massa accanto a me era calda come un fuoco acceso, e morbida come la pelle di un lupo.

Questo non avrebbe dovuto tranquillizzarmi, eppure lo fece.

Questo mostro era la creatura più forte nella foresta, stasera. Non c'era bisogno di avere paura. Rifugiata nella sua presa, ero al sicuro da tutto.

Persino dai miei sogni più oscuri.

CAPITOLO 4

$\mathcal{R}$ osalind

MI SVEGLIAI quando la luce dell'alba mi colpì il viso. Ragnar era già in piedi e stava spargendo foglie sui resti carbonizzati del fuoco della notte scorsa, eliminando ogni traccia della nostra presenza. Era un uomo a tutti gli effetti, anche se i capelli sembravano più lunghi e le spalle più larghe.

Mi misi dietro un albero per fare i miei bisogni e rinfrescarmi, per quanto le mie mani legate me lo rendessero possibile. Mi inginocchiai vicino a un ruscello per sciacquarmi il viso e riuscii a intrecciare i capelli alla meglio. Ragnar mi porse la borraccia per farmi bere e mi diede un biscotto di pasta dura da sgranocchiare.

Non parlammo di ciò che era accaduto la sera prima.

Quando fu il momento di andare, si fermò e controllò i legacci intorno ai miei polsi, prendendo in mano l'estremità di una delle corde.

La mia irritazione ribollì. Non c'era traccia di Ragnar la

36

bestia. Nessuna paura mi frenava la lingua. «Quando mi slegherai?»

«Quando ci si potrà fidare di te.» Afferrò l'estremità e mi condusse via tenendo poca distanza tra noi.

Digrignai i denti. Ma cosa potevo fare? Marciai dietro di lui. Era il momento di mettere alla prova la sua pazienza.

«Che bella mattina,» mormorai, con la voce mielosa.

Ragnar girò di scatto la testa verso di me, con la fronte aggrottata. Gli rivolsi un sorriso sereno, imitando l'espressione di una statua della Madonna che avevo visto una volta. Camminando accanto a lui, presi a dondolare i fianchi. «Ma temo che sarà molto calda. Il sudore mi sta colando lungo la schiena. Vorrei potermi liberare di questo vestito.»

«E camminare nuda?» Sembrava incuriosito.

Alzai una spalla per indicare la mia indifferenza. «Starei più fresca, no?»

«Basta parlare. Non possiamo indugiare.» Accelerò il passo e io sorrisi alle sue spalle. Avevo trovato il modo di infastidirlo.

«Le campanule sono davvero belle, in questo posto.» Parlai di qualsiasi cosa mi venisse in mente. Per lo più parlavo del tempo, dei fiori, del sole splendente, della condizione dei miei capelli.

«Giuro sulla tomba di mio padre che non ho mai sentito nessuno chiacchierare come te,» brontolò.

«Questo è ciò che hai scelto,» dissi. «Tu, tra tutti i Berserker, hai scelto di dare la caccia a me.»

«Oh, molti sono stati mandati a caccia. Io sono stato semplicemente il più bravo. Ho viaggiato a lungo senza cibo nello stomaco. Senza fermarmi. Era come se il tuo odore fosse nei miei polmoni.» Afferrò una manciata dei miei capelli e se li portò al naso per annusarli. I suoi occhi brillarono d'oro.

Le mie gambe si indebolirono, il mio sangue si trasformò

in miele bollente. «Spero che ne sia valsa la pena.» Feci in modo che la mia voce fosse aspra.

Mi lasciò i capelli e rovesciò indietro la testa per annusare l'aria. Intorno a noi, si sentiva il denso aroma del mio sesso bagnato. La sua bocca si incurvò in un sorriso. «Sì, ne è valsa la pena.»

Fulminai con lo sguardo la sua schiena. Le mie unghie graffiavano i legacci, ma non riuscivo a liberare i polsi.

Se non fossi riuscita a fuggire, gliel'avrei fatta pagare. Sarebbe stato infelice quanto me, per tutto il viaggio di ritorno.

«Tutti i Berserker si portano dietro un'ascia e una spada?» chiesi mentre camminavamo.

«I guerrieri portano con sé ciò che vogliono.»

«Sei un guerriero di basso rango, allora, perché porti due armi?» Mantenni la voce leggera, gli occhi larghi e inno-centi. «Credo che la maggior parte si accontenti di un'unica arma.»

Ragnar si fermò di colpo, strattonandomi. Digrignai i denti per il fatto che ero un cane al guinzaglio. Il suo volto era impassibile, senza un accenno di fastidio, ma era lì, in agguato sotto la superficie.

«In verità, ci vuole il doppio dell'abilità per portarsi dietro il doppio delle armi. Ognuna ha un peso e una mano-vrabilità diversi e richiede tecniche diverse.» Mi tirò avanti. «Naturalmente, i Berserker non hanno bisogno di armi, visto che abbiamo la bestia. Denti e artigli.»

«Giusto.» Nascosi un brivido.

«La bestia ti fa paura?»

«Sono sana, quindi sì, mi spaventa,» sbottai. «Solo uno sciocco o un pazzo andrebbe coraggiosamente incontro al pericolo.»

«Eppure stavi camminando verso le terre del Re Cadave-re,» rifletté Ragnar, prendendo il comando per guidarmi fuori da un campo e verso una foresta più fitta. «Il pericolo più grande che il nostro mondo abbia mai conosciuto.»

Non avevo alcuna risposta. Ero troppo impegnata a cercare di evitare che la mia gonna si impigliasse nei rovi di lampone che crescevano lungo il nostro cammino. Per quanto mi contorcessi, con i polsi legati, non potevo fare altro che sibilare contro le spine che mi strappavano l'orlo.

E poi mi ritrovai in aria, con i piedi che oscillavano sopra il terreno, tra le braccia di Ragnar. Mi sollevò senza sforzo, come se non fossi altro che un pezzetto di dente di leone, e si inoltrò nella boscaglia. Saltò e si lanciò sui rovi, saltando da un cespuglio all'altro. I suoi stivali scricchiolavano sulle spine, senza mai strapparsi. Trattenni il respiro. Essendogli così vicino, l'odore del suo sudore e quello del cuoio mi avvolgevano come nebbia. I suoi muscoli si flessero. Lottai contro l'impulso di aggrapparmi... e persi. Di nuovo, percepii un accenno di sorriso nascosto sotto la sua barba.

«Allora, Rosalind?» mi chiese. I suoi occhi erano di un blu sconcertante sul viso segnato. «Vuoi dirmi perché eri in fuga? Diretta verso il Re Cadavere, per giunta?»

Non potevo dirglielo. Non con quel maledetto incantesimo del silenzio su di me.

«Forse preferivo il pericolo anziché cadere prigioniera dei Berserker,» dissi nel modo più sornione possibile. Distolsi lo sguardo dal suo, intenso. Da vicino, Ragnar poteva vedere tutti i miei segreti. Avevo la sensazione che non si lasciasse ingannare dalla mia espressione altezzosa.

«Rifuggi così facilmente dalla sicurezza?»

«Ho conosciuto la sicurezza, nell'orfanotrofio,» sogghignai. «Forse preferisco la libertà alla sicurezza.»

Mi portò in braccio ancora per qualche passo prima di mormorare: «Potrei costruirti una casa. Se me lo permetti.»

Mi trattenni dall'aggredirlo verbalmente. Ragnar mi teneva sollevata senza sforzo, con le braccia salde intorno al mio corpo. Il suo viso era troppo vicino, i suoi occhi troppo blu.

Forse fu la codardia a tenere a freno la mia lingua. Forse la paura di far infuriare la bestia.

Uscì dalla foresta e si diresse verso un alto campo. In lontananza c'erano degli edifici, una fattoria. Ma Ragnar si tenne ai margini del campo incolto, vicino alla foresta.

«Mi metterai giù?» chiesi. Mi fece scendere senza fare commenti. Mi strinsi meglio il mantello intorno alle spalle, rabbrividendo non tanto per l'aria fresca quanto per l'assenza del calore di Ragnar.

Lui mi tenne una mano sul gomito per continuare a guidarmi.

«Cosa faresti, se non fossi tenuta prigioniera dai Berserker?» chiese lui.

Alzai gli occhi al cielo. «Sarei libera.»

«Vorresti un uomo?»

«No.»

«Nessuno?» Gli occhi blu di Ragnar scintillarono. «Nemmeno uno ricco?»

«Nessuno,» ripetei io.

Mi fece camminare lungo un muro di roccia, costruito per contenere qualche mandria. «Quindi diventeresti una suora?»

«No,» sbottai sospirando. «No,» ripetei poi, con più calma. Le suore erano delle streghe, raggrinzite e crudeli, prive di amore. Almeno questo avevo evinto dalla mia esperienza con loro, all'abbazia.

«Allora dove vivresti?»

«Vicino al mare. In un posto in cui possa godere di un panorama che si estende per intere miglia.»

Lo osservai attentamente per vedere se la sua espressione conteneva rancore, ma sembrava solo pensieroso. «Avresti una casa? Una capanna? Un castello?»

Un castello fatto di pietre spesse che nessun esercito potrebbe penetrare. Mi morsi la lingua per non pronunciare quella risposta che temevo provenisse da una parte più oscura di me. Per un attimo ricordai il mio sogno, con l'uomo incappucciato, il castello e l'esercito che attendeva i suoi ordini. Poi allontanai il pensiero.

«Qualcosa del genere sarebbe sufficiente». Indicai la fattoria in lontananza, gli edifici con i muri di pietra e i tetti di paglia. Qualcuno aveva piantato un tripudio di fiori contro la recinzione. «Avrei una terra tutta mia. Curerei il giardino e pianterei un orto». *Oppure avrei dei servi a farlo al posto mio.*

«Ed è davvero questo che vuoi?»

«Sì.» Lo guardai dall'alto in basso, il che richiedeva un certo talento, dato che era molto più alto di me. «Suppongo che tu abbia sempre voluto una compagna. Una qualche donnina che eseguisse i tuoi ordini».

Rimase in silenzio, guidandomi di nuovo nella foresta. «No», disse infine, sorprendendomi. «Non ho mai pensato di avere una compagna».

«Nemmeno per placare la bestia?» Stavo infrangendo le regole, parlando dell'indicibile, come se anche solo nominare la bestia potesse evocarla.

«Non pensavo che sarei sopravvissuto abbastanza a lungo da trovarne una».

Per qualche ragione, questo mi fece male al cuore. Non avrei dovuto preoccuparmi di questo Berserker grande e cupo, ma le mie emozioni non conoscevano ragioni.

«E se ci riuscissi?», chiesi. Non lo stavo provocando, non ora. «Se trovassi colei che può placare la bestia, la vorresti come compagna?»

«È impossibile».

«Come puoi dirlo? Gli Alpha non ti concederanno una compagna?»

41

«Ha importanza, Rosalind?» L'angolo della bocca gli si arricciò sotto la barba.

«Perché tutti i Berserker dovrebbero avere una compagna e tu no? Non è giusto».

Lui ridacchiò. «Non pensavo fosse così importante, per te».

Volevo insistere che non lo era, ma lui avrebbe capito che stavo mentendo. «Assecondami. Se potessi avere una compagna, dove vivresti?»

«Ovunque lei volesse».

«Non vorresti un'enorme baita da chiamare casa?»

Scostò un ramo che ostacolava il mio cammino. «Non avrei bisogno di una baita da chiamare casa, se avessi una compagna. Casa mia sarebbe ovunque lei si trovi».

Un'incredibile malinconia mi colpì come la freccia di un arco. Gli passai accanto, voltandomi per nascondere la mia espressione.

«Un sogno semplice», dissi con tutto il tono beffardo che riuscii a trovare, quando fui di nuovo capace di parlare.

«Anche il tuo». Ragnar si chinò vicino a me. Il suo ringhio sussurrato mi fece rizzare i peli sulla nuca. «Ma sento che non mi hai detto tutto quello che vuoi davvero. Dimmi, Rosalind... Cosa sogni?»

«*Potere*». La parola mi uscì di getto dalle labbra. «Voglio un potere tale da far sì nessuno possa opporsi a me». *Così nessuno potrà farmi nuovamente del male.*

Ragnar tirò il mio guinzaglio e io mi girai di scatto verso di lui, con i polmoni ansanti. Mi squadrò lentamente, dall'alto verso il basso. Strinsi i pugni lungo i fianchi.

«Anch'io volevo il potere, un tempo. Tanto tempo fa». Studiò l'estremità della pelle nella sua mano. «Stai attenta a ciò che desideri, Rosalind».

Facile a dirsi, quasi sputai all'uomo che teneva il mio guinzaglio.

Si voltò per condurmi in avanti e io lo seguii, facendo attenzione a tenere il guinzaglio allentato. Tornammo nella foresta e, quando la capanna e il giardino in fiore sparirono dalla vista, non ne fui triste.

Ogni passo che facevamo mi riportava alla prigionia. Ero stata prigioniera per tutta la vita, in un modo o nell'altro. Non c'era scampo.

Ma almeno non mi stavo dirigendo verso la morte. Potevo dire alle streghe che avevo fallito. Il pensiero mi fece barcollare. Ragnar mi tenne in piedi, e prese a camminare più lentamente. Gli occhi mi pungevano quando il sudore cominciò a insinuarsi tra le ciglia. Usai l'avambraccio per asciugarlo.

Mentre seguivamo il torrente per uscire dalla foresta, il sole era alto nel cielo. Ragnar si fermò, stringendo il guinzaglio. Alzò la testa per annusare il vento.

«Cosa c'è?» Mantenni la voce bassa.

«Una puzza nel vento». I suoi occhi si accesero come torce. Lentamente, girò la testa. «Draugr».

I guerrieri non morti del Re Cadavere.

«Vieni». Si mise a trottare. Cercai di stargli dietro, con la sacca che oscillava pesante e mi colpiva la coscia. Ragnar rallentò abbastanza da permettermi di arrancare al suo fianco come meglio potevo, ma l'impazienza traspariva dai lineamenti tesi del suo volto.

Mi guidò attraverso il torrente, poi in un boschetto di pini. La luce filtrava a malapena, mentre ci facevamo strada su un tappeto color ruggine. Il boschetto si interrompeva bruscamente. Delle asce avevano abbattuto gli alberi e i ceppi rimasti si erano consumati con il passare del tempo. Davanti a noi c'era una fattoria di capanne di pietra, proprio come quelle che avevamo superato poco prima.

«È questa la strada?», chiesi. La fattoria aveva un aspetto familiare. «Ragnar—»

43

«Stiamo girando in tondo. C'è qualcosa che non va.» Scosse la testa come se le mosche lo stessero infastidendo. «Pensavo...». Rallentò, facendo un passo in una direzione e poi in un'altra. «Il Re Cadavere ci sta giocando brutti scherzi», mormorò.

Si girò verso di me, lasciando cadere il guinzaglio.

«Ecco». Slacciò i legacci intorno ai polsi e mise in tasca la stringa di cuoio. Le sue grandi mani mi controllarono i polsi, i pollici sfregarono i segni rossi che il cuoio mi aveva lasciato sulla pelle.

Il mio corpo reagì al suo tocco, lasciandosi attraversare da un'onda di calore, nonostante non fosse il momento.

«Resta vicino», ordinò Ragnar, liberandomi. Feci come mi aveva chiesto. Si fidava abbastanza di me da tenermi slegata. Avrei obbedito, per ora.

Lo guardai con gli occhi socchiusi. «Conosci la strada?»

«Ora sì. Ho solo pensato... Non importa. Prima dobbiamo sfuggire ai draugr».

Un brivido mi percorse la schiena, nonostante la giornata calda. La mia guida, che sembrava così sicura, era confusa. Non potevo dimenticare la follia che avrebbe potuto prendere un Berserker in goni momento. Ragnar sembrava così grande e forte, così potente. *Anch'io volevo il potere, un tempo. Tanto tempo fa.* Un guerriero all'apice della sua forza. Si era sottomesso a un incantesimo di una strega con tutto il suo branco, ed erano diventati Berserker. Con la sua forza, però, era arrivata anche la furia. Furia e follia.

Mentre ci affrettavamo, mi aggrappai a una cinghia di cuoio sulla schiena di Ragnar. Il sudore l'aveva resa scivolosa, ma calda e reale sotto le mie dita. Anche io pensavo che fosse un brutto scherzo del Re Cadavere. Se si trattava semplicemente della follia dei Berserker e Ragnar aveva scelto di sfogarla su di me, ero comunque spacciata. Nulla mi avrebbe salvata da questo Berserker se la sua presa sulla realtà si fosse interrotta.

Eppure, per qualche motivo, stargli vicino mi dava conforto. Le mie emozioni sarebbero svanite, ne ero sicura, non appena fossimo stati fuori pericolo. O non appena Ragnar avesse detto qualcosa per provocarmi.

Quando le mie dita si chiusero intorno al cuoio, Ragnar si fermò. Aspettai che mi rimproverasse, ma si limitò ad allungare la mano e a spostare la mia su un'altra cinghia, a sinistra, dal lato opposto della spada. Per un attimo, le sue indugiarono, quasi chiudendosi intorno alle mie. Le strinse una volta sola.

Poi il momento passò e ci inoltrammo nella foresta oscura. Rimasi vicina al mio rapitore. Il mio aspirante protettore. Mi mossi con lui, seguendolo come un'ombra. I nostri respiri si fusero in uno.

Quanto velocemente ero entrata in sintonia con lui... Sarebbe stato sufficiente a meravigliarsi, se non fossi stata così occupata a cercare di rimanere viva. Restare viva e poi fuggire.

Superammo un altro boschetto, ma prima che potessimo uscirne per raggiungere la strada relativamente facile, Ragnar mi afferrò il braccio. «Abbassati». Ci rannicchiammo dietro i massi, ascoltando il suono strascicato di rami che battevano sulla terra.

Lui sbirciò oltre il masso. Anch'io sbirciai dal mio. La vista mi fece venire i brividi.

I draugr marciavano in avanti, file su file che riempivano la strada. File e file di non morti. L'odore di chiodi di garofano e di abiti funerari incombeva su tutti loro in una ribollente nebbia.

«Sono così tanti. Da dove vengono?» La mia voce tremava un po'.

«Non vuoi saperlo davvero» La sua testa si mosse da un lato all'altro, alla ricerca di una strada da percorrere.

«Un esercito», sussurrai. «Sta costruendo un esercito».

«Lo sta facendo da un po'», concordò Ragnar. Mi guardò con gli occhi socchiusi come se si stesse chiedendo come facevo a saperlo. Speravo non me lo chiedesse. Sapevo che il Re Cadavere stava costruendo un esercito perché lo avevo visto. I sogni che facevo erano visioni che lui stesso mi infondeva.

Rabbrividii, tirandomi il mantello intorno alle spalle e premendo una mano sul pugnale che avevo in petto. «Come facciamo a superarli?»

«Non possiamo. Non possiamo attirare l'attenzione. Li raggireremo».

«Ragnar. La fattoria. Le famiglie». Gli strinsi la spalla. «Dobbiamo aiutarli».

«No, piccola fuggiasca. Non c'è aiuto, per loro».

Mi misi una mano sullo stomaco.

Lui mi posò un dito sotto il mento e lo sollevò per farmi incontrare i suoi tempestosi occhi blu. «Coraggio, adesso. Ne avrai bisogno». Mi prese la mano, intrecciando le sue enormi dita alle mie. «Testa bassa», ordinò. «Corri».

Eseguii i suoi ordini, fissandomi la punta degli stivali mentre andavamo, lasciandomi guidare da Ragnar.

Uscimmo dalla foresta e costeggiamo un'altra parete rocciosa, poi mi prese in braccio per attraversare un fiume. Annodai le mani dietro il suo collo e non gli chiesi di lasciarmi andare.

«Questo dovrebbe aiutare», mormorò tra sé e sé. Ma seguimmo il torrente fino a un'altra strada e lì, a calpestare l'erba consumata, trovammo altri non morti.

«Ragnar», sussurrai indicando la strada. I draugr si muovevano con scatti vivaci, come se controllati da un burattinaio lontano. Quelli che avevo visto prima nella foresta erano scheletrici, con la pelle che pendeva dalle ossa. Questi erano freschi. Sembravano uomini con la pelle insolitamente grigia. Portavano armi lucenti, spade e scudi. E marciavano in formazione sulla strada. In fila, come un vero esercito.

Ragnar imprecò. «Resisti». E il mondo si offuscò.

Gli infilzai le unghie nel collo, avvicinando il viso alla sua pelle per inalare l'odore del suo sudore. Questa era la velocità di un Berserker: più veloce di quanto un uomo potesse correre. Se qualcuno poteva portarci fuori dalle terre del re Cadavere, questo era Ragnar.

Ma ogni volta che provava a percorrere una strada, incontravamo sempre più draugr. Che marciavano in fila lungo i sentieri. Barcollanti in formazioni indisciplinate alla base di una collina. Che si aggiravano per la foresta, lasciando un olezzo unto sulla loro scia.

Alla fine, Ragnar mi mise a terra dietro un mucchio di massi e mi tirò a sé, facendomi accovacciare accanto a lui. «Siamo circondati»

Nonostante avesse corso per ore alla velocità di un Berserker sotto il sole di mezzogiorno, non ansimava nemmeno.

«Ci stanno seguendo. In qualche modo». Aggrottò la fronte e si voltò verso di me. «Devono sentire il tuo odore. Oppure...». Alzò la mano e mi afferrò la parte anteriore dell'abito. Io sussultai, ma lui estrasse il pugnale prima che potessi fermarlo.

La pietra di luna non brillava come faceva a volte. Come la notte prima. Era una semplice pietra lattiginosa, opaca nella sua mano.

«Il pugnale, li sta chiamando a sé», disse improvvisamente. E prima che potessi fermarlo, lo strattonò in avanti, rompendo il laccio di cuoio che avevo al collo per gettarlo nel fango.

«No», urlai, ma lui mi stava già trascinando con sé. Non potevo lottare. Se avessi cercato di allontanare la mano, avrei strappato la spalla dalla sua giuntura e Ragnar non avrebbe fatto altro che continuare a tirarmi con sé.

Continuai a guardarmi indietro, ma la pietra di luna non si vedeva più.

«Non capisci», dissi con voce rotta. «Ne avevo bisogno».

«Perché?»

Scossi la testa. Qualunque incantesimo fosse stato fatto alle mie labbra, non mi permetteva di parlare della mia missione. Almeno, non a Ragnar.

Pianta la pietra di luna nel cuore del potere del Re Cadavere, mi aveva detto la strega porgendomi il pugnale con la pietra affissa al pomo. *Per farlo, devi affondare il pugnale nel cuore del nemico.*

Ora tutto era perduto, e non potevo nemmeno spiegarlo. «Me l'hai fatto perdere».

«Quell'arma attirava i maledetti, i non morti. Li chiamava a sé».

«Non importa. Io stessa sono maledetta. Me l'hanno detto le streghe». A quanto pareva, però, potevo parlare di questo.

Ragnar si fermò così improvvisamente che gli sbattei contro. «Cosa intendi?» I suoi occhi blu mi studiarono il viso.

«Io non...» Come potevo spiegarlo? «Porto un marchio addosso». Mi strofinai la fronte nel punto in cui mi aveva toccata la strega. «Mi collega a... lui». Abbassai la voce. Non volevo pronunciare il nome del Re Cadavere così vicino al suo esercito.

Ora gli occhi di Ragnar sembravano infuocati. «Qual è il modo migliore per spezzarlo?», disse con voce roca.

Gli strinsi il braccio. *Ti prego, non trasformarti nella bestia.* «Non lo so.» Improvvisamente, ero stanchissima. La nebbia mi offuscò i pensieri, facendoli diventare lenti e confusi. La

48

mia pelle si era inumidita e riempita di brividi, nonostante poco prima stessi sudando a causa dell'umidità.

...gioca col tempo, con la vita e la morte di ogni creatura. Il suo bersaglio preferito, tuttavia, è di gran lunga la mente.

«C'è qualcosa che non va», biascicai.

«Rosalind?»

«Devi abbandonarmi. Non c'è speranza per me. Non sarò mai libera».

«No», ringhiò. «Non ti abbandonerò mai». Il vento soffiò intorno a noi e Ragnar mi tirò a sé. Un pollice ruvido mi accarezzò la guancia. I suoi occhi non brillavano più del vivace colore della bestia. Tuttavia, erano ancora accesi, blu come un cielo estivo. «Lo stregone è nella tua mente. Non permettergli di vincere».

Strinsi il braccio di Ragnar, combattendo contro lo svenimento. L'unica cosa solida era il muscolo sodo stretto nel mio palmo. «Come posso fermarlo?»

«Sei abbastanza forte da sconfiggerlo». La sua grande mano si strinse sulla mia nuca, poi appoggiò la fronte contro la mia. «Torna da me, Rosalind».

Aprii la bocca, ansimando come un pesce sulla riva di un fiume. L'aria era troppo densa per poter respirare, pieno di un profumo di spezie funebri. «È qui. Il Re Cadavere è qui.»

Ragnar si allontanò. La luce si riflesse come un lampo sulle lame sguainate.

«No», dissi con voce strozzata. «Non puoi combatterlo in questo modo».

Alle spalle di Ragnar, vidi avanzare una fitta nebbia. Poi un muro di membra marcescenti cominciò a emergere dall'aria grigia. I non morti ci avevano trovati.

La trappola si era chiusa. Stavamo per morire.

«Io posso combatterli», disse Ragnar da sopra la spalla, brandendo ancora l'ascia e il lungo coltello, «ma tu devi restare viva. Promettimi che combatterai». Distolse lo

49

sguardo dalla prima linea nemica abbastanza a lungo per chinarsi e ringhiarmi all'orecchio: «Promettimelo».

La sua voce sembrava lontana. Alzai le braccia come se potessi nuotare verso di lui «Te lo prometto.»

«Bene.» La sua barba mi graffiò la guancia.

Si alzò altro vento, tagliando la fitta nebbia. Improvvisamente, riuscii a respirare di nuovo.

«Tempesta in arrivo». Indicai le nuvole scure che tuonavano sopra di me. Il vento aumentò, facendo svolazzare il mio abito. Portai una mano al pugnale che avevo al collo, solo per ricordare che non c'era.

«Allo stregone piacciono i suoi trucchi». Ragnar mi fece indietreggiare finché non fummo entrambi accovacciati dietro un albero. «Nasconditi qui,» disse. «Aspettami. Ma quando vedrai un passaggio, corri. Ti spianerò la strada».

«Ma...» Strattonai le cinghie sulla sua schiena, tirandolo indietro.

«Sì?»

Mi leccai le labbra, fissando i suoi occhi fieri.

Un Berserker poteva battere qualche cadavere. Ma un intero esercito? Alla fine, lo avrebbero sconfitto. Avevo alcune armi stregate nella sacca, ma troppo poche perché fossero utili. Non avrebbero distrutto neanche un terzo di quella forza.

Alle spalle di Ragnar, la nebbia e le forze avanzavano. «Stanno arrivando».

«Rosalind», disse dolcemente Ragnar, come se fossimo soli. «Temi per me?»

Mi morsi il labbro e chinai la testa, ma lui mi afferrò il mento.

«Rosalind», mormorò. «Ti preoccupi per me?» I suoi occhi color zaffiro si illuminarono.

«Mi interessa che torni sano e salvo». Lo spinsi via. «Non voglio morire».

«Se ci separiamo, non devi temere. Verrò a prenderti. Ti troverò». Chinò il capo verso di me e mi baciò la fronte.

Poi si alzò con un ruggito.

«Pensi di potermi battere? Vieni a prendermi». Un tuono illuminò il paesaggio mentre lui correva verso il nemico.

Mi lasciai cadere dietro l'albero, toccandomi la fronte, dove mi aveva baciata. Le sue labbra avevano coperto il segno dove la strega mi aveva toccato la fronte. E poi mi ricordai cos'altro aveva detto.

Manderemo aiuto, mi aveva detto la strega. *Non permettere che vi separino.*

«Aspetta...», sussurrai. Il segno del bacio di Ragnar mi bruciava sulla pelle come se fosse tangibile. Ma Ragnar era sparito. Non potevo separarmi da lui. Anche se non ero sicura che le streghe lo avessero mandato per aiutarmi, non potevo fallire di nuovo.

E se fossimo caduti, lo avremmo fatto insieme.

Nella radura si udì un ruggito, e il tintinnio di un'ascia contro una lama. Rabbrividii, poi mi fermai. Se questa avesse dovuto essere la mia fine, non mi sarei prostrata nel fango. L'avrei affrontata con le mie gambe.

Ragnar era una macchia in movimento. Aveva caricato in avanti finché la nebbia non gli era arrivata alle ginocchia e aveva usato l'ascia e il coltello per fare a pezzi i draugr. I corpi caddero come spaventapasseri davanti a una falce.

Ma erano troppi e, mentre lui si affrettava ad avanzare, i cadaveri barcollanti riempivano il vuoto che aveva alle spalle.

«Ragnar!», urlai, e lui si voltò, squarciando altri corpi. La bestia aveva preso il sopravvento, trasformandogli le dita in artigli. Le sue armi giravano qua e là, squarciando un cadavere dopo l'altro. Lanciò l'ascia e questa squarciò diversi nemici. Caddero nella nebbia e lui afferrò altri corpi, gettandoli nel mucchio.

Ma altri draugr si precipitarono a sostituire i caduti.

Strinsi i pugni, aspettando di poter fuggire. Avrei fatto fuggire Ragnar con me. Il vento si alzò, agitando la nebbia e allontanandola.

E poi li vidi chiaramente: dietro di me, che emergevano dalla foresta. Altri draugr. Mi allontanai dall'albero dietro cui mi ero nascosta e corsi verso un altro, inciampando sui cadaveri spezzati che Ragnar aveva lasciato sulla sua scia.

Raggiunsi un secondo albero proprio mentre un fulmine inondava di luce la radura.

«Rosalind», urlò Ragnar. Il fumo si levò dal suolo come se la terra stessa fosse in fiamme. Lui balzò sul mucchio di cadaveri vicino a me. Premetti il viso sul suo petto e ansimai per riprendere fiato.

«Cosa sta succedendo?» Tossivo per il profumo della magia un attimo prima, e trovavo sollievo quello successivo, mentre il vento mi soffiava fresco sul viso.

«Andiamo». Ragnar mi aiutò ad avanzare barcollando. Dovevamo lasciare la radura. Ma le fiamme stavano lambendo il nostro cammino, e i draugr si infiammavano.

«Attento!», urlai. Sopra di noi c'era una coltre di oscurità ruggente, un tunnel nero e vorticoso di nuvole agitate dal vento. «Cos'è quello?»

«Ho visto cose simili nell'acqua», mormorò Ragnar. «Un getto d'acqua che collega mare e cielo. Ma mai sulla terraferma. È opera del Re Cadavere».

«Cosa facciamo?» L'oscurità ci era quasi addosso. Le nuvole nere oscuravano il sole.

«Aggrappati a me». La sua voce era attutita dai miei capelli. Le sue ampie braccia mi strinsero a sé.

Il rombo era quasi sopra di noi. Tuttavia, più si avvicinava, più sembrava il grido di un uomo.

Mi allungai in punta di piedi. Al di sopra della spalla di Ragnar, i fulmini colpirono il terreno più e più volte. I lampi abbandonarono i miei occhi e lasciarono una forma ombrosa. Sbattei le palpebre e mi resi conto che si trattava di un uomo con un mantello scuro, con le mani tese come se stesse galleggiando sul vento. Le sue lunghe dita accarezzavano la nebbia, che si disperdeva al tocco. I capelli scuri fluttuavano intorno al viso rasato.

Sopra le nostre teste, il tunnel nero di ruggiti era scomparso. L'aria crepitava di energia. Come se il fulmine fosse vivo e respirasse in mezzo a noi, lambendomi la pelle.

L'uomo si voltò... e mi fece l'occhiolino.

Dietro di lui apparve una fila di draugr, che strisciavano avanti come una sola persona, con le spade tese.

«Attento!», urlai al nuovo arrivato. Lui si voltò lentamente verso il nemico, col mantello che si agitava nel vento.

Un fulmine scaturì dal cielo, colpendo uno dei cadaveri, incendiandolo. Il fuoco si propagò lungo la prima fila di draugr.

«Grazie, fratello!», urlò il nuovo arrivato. Fece un passo avanti, e un fulmine colpì la terra davanti a lui. «Per le palle di Thor», imprecò. Si chiuse il mantello con una mano, scuotendo il pugno opposto verso il cielo. «Sono molto piccole», mormorò a bassa voce. Poi alzò di scatto la testa e mi guardò. «Dietro di te!»

Ragnar mi spinse da parte. Mentre aspettavamo, i draugr avevano avanzato su tutti i lati. Ragnar si girò, afferrò il suo lungo coltello e si tuffò, tagliando le gambe dei cadaveri dal loro corpo.

Un arto fiammeggiante volò in aria. Ragnar lo schivò per un pelo. «Stupido», gridò al guerriero che lo aveva lanciato. Ma la torcia improvvisata atterrò sul draugr caduto e divampò in un muro di fuoco splendente.

Mi coprii la bocca per il fetore, ma il nuovo guerriero stava sorridendo, invece. «Che divertimento», disse ridacchiando. «Venite, facciamo una pira!»

53

Ragnar si passò una mano sulla barba. Io mi avvicinai a lui.

«È un Berserker?», chiesi a bassa voce. Entrambi guardammo il nuovo arrivato danzare di cadavere in cadavere, gettandoli in un enorme mucchio.

«Penso di sì.» Ragnar aggrottò la fronte. «Penso di riconoscerlo».

Le fiamme si alzarono dal crescente falò. Il guerriero dal mantello scuro stava guardando accigliato il terreno. Saltò di lato e infilò la mano tra due cadaveri, poi sollevò l'ascia di Ragnar. «L'hai persa tu, questa?»

Ragnar sollevò la mano. Il nuovo arrivato sorrise e gli lanciò l'ascia. L'arma ruotò lentamente, da un capo all'altro, con la lama larga che scintillava mentre tagliava l'aria. Dritta verso il petto di Ragnar.

All'ultimo secondo, Ragnar si scostò, barcollando all'indietro. L'ascia gli sibilò davanti e colpì uno dei non morti che si era avvicinato di soppiatto alle nostre spalle. La lama spaccò il petto della creatura. Una puzza incredibile si sprigionò dalla carne putrida e il corpo cadde in un mucchio di ossa tintinnanti, il cadavere secco e putrefatto non era più animato.

Ragnar recuperò l'equilibrio e si toccò i capelli. Una delle trecce cadde al suolo. «Bel lancio», grugnì, abbassandosi per recuperare l'ascia.

«Non c'è di che, fratello». Il secondo guerriero sorrise.

«Qual è il tuo nome?», gli urlò Ragnar.

«Loki», urlò l'altro in risposta. «E tu sei Ragnar. Sono qui per aiutare».

Un movimento tra gli alberi attirò la mia attenzione. «Ragnar, ce ne sono altri». Raccolsi la gonna e mi diressi verso il lato della radura, dove avrei potuto evitare il combattimento. Dietro di me, la pila di cadaveri continuava a bruciare.

Ragnar fece un gesto con l'ascia verso i cadaveri che avanzavano. «Combattiamo?»

«Oh, sì». Loki si scrollò di dosso il mantello, lasciando che il tessuto scuro svolazzasse fino a terra. Senza di esso, il guerriero era completamente nudo. Segni scuri gli decoravano il petto: tatuaggi e pezzi di fango. Inclinò la testa all'indietro e annusò il fumo. «È un buon giorno per combattere!»

Scuotendo la testa, Ragnar lanciò il lungo coltello a Loki. L'arma girò su se stessa ma, in qualche modo, il Berserker la strappò dall'aria. «Raccogliamo questo raccolto di ossa».

I due guerrieri si misero schiena contro schiena. Loki era alto quasi quanto Ragnar, ma più snello. Il suo corpo possente era altrettanto snello e abbronzato e, mentre Ragnar portava numerose cicatrici, la pelle di Loki era immacolata.

Strinsi la gonna e non pregai alcun dio. *Ti prego, ti prego, fa' sì che ce la facciano.* Se fossero caduti, sarei stata catturata. Non sarei riuscita a fuggire senza di loro.

Le forze del Re Cadavere avanzavano con movimenti a scatti, da tutti i lati. La nebbia si stava alzando di nuovo, mescolandosi con il fumo puzzolente dei caduti in fiamme. Mi battei una mano sul viso, ondeggiando in piedi.

La fila di cadaveri animati si increspava come il corpo di un serpente. Il draugr alla guida si lanciò in avanti e Ragnar lo abbatté. Il metallo scintillava nella nebbia, le loro armi si alzavano e si abbassavano in sintonia. I movimenti dei guerrieri divennero una macchia offuscata.

Combatterono come un turbine. I corpi dei nemici cadevano da parte, contorcendosi.

Un arto mozzato mi cadde vicino, ancora in movimento. Lo calciai nel fuoco e mi portai il mantello su bocca e naso per allontanare il fetore. Avevo perso di vista i guerrieri, ma i ruggiti di Ragnar e la risata cantilenante di Loki mi dicevano dove si trovavano.

L'aria intorno era grigia, come se il giorno avesse calato un mantello sulla radura. Fumo e nebbia si erano fuse in un muro opaco. I suoni si facevano sempre più lontani. Barcollai, con gli occhi che mi bruciavano.

Una mano ferma mi afferrò il braccio. «Rosalind.» Ragnar mi tirò a sé. «Stai bene?»

«Sono ancora in piedi», risposi con un filo di voce. «È finita?»

«Quasi». I suoni della battaglia si erano placati. Il Berserker mi guidò fino al confine della foresta e mi porse la borraccia. Bevvi un po' e mi rinfrescai il viso per schiarirmi gli occhi.

«Siamo sopravvissuti», mormorò Ragnar. Il suo grosso corpo mi impediva di vedere il luogo della battaglia.

«Lo vedo». Ignorando il rallentare del mio battito e il calore che saliva tra noi, lo spinsi via per vedere cosa ne era stato del nemico.

La nebbia si era dissolta e il fuoco si era ridotto a semplice cenere.

Non c'erano quasi più draugr in piedi. Alcuni si contorcevano a terra, ancora animati, nel tentativo di alzarsi. Loki, il guerriero nudo, saltò verso di loro e li abbatté.

Il vento si alzò e io strinsi di più il mantello intorno al mio corpo. Ero stata così preoccupata per Ragnar e l'esito della battaglia, poi sollevata dall'arrivo di Loki. Ma ora c'erano due guerrieri da cui dovevo fuggire.

L'ombra di Ragnar mi avvolse. Ora che eravamo al sicuro, non avrebbe lasciato il mio fianco.

Ah, bene. Una piccola parte di me voleva arrendersi, raggomitolarsi contro il gigantesco guerriero e lasciare che mi portasse via.

Ragnar sorrideva, come se avesse percepito la mia debolezza.

«Fortuna che c'era Loki ad aiutarti», dissi bruscamente.

56

Anche se una parte di me desiderava Ragnar, non sarei stata una preda facile.

Ma Ragnar si limitò a scuotere la testa, sorridendo come se nulla di ciò che avevo detto potesse tangerlo. «È stato un bel combattimento».

«Sì», concordò Loki. Fece un mezzo sorriso pigro, con le palpebre pesanti, come se lo avesse solo sognato. «Un bel combattimento», ripeté, come ubriaco.

«Ben fatto, fratello», gli urlò Ragnar. «Ti hanno mandato gli Alpha?»

«Non loro», mormorò Loki. Trovò il suo mantello e lo usò per pulire la lama. Durante la lotta, in qualche modo era finito con l'ascia di Ragnar tra le mani.

«No?», chiese Ragnar accigliato.

«Ma ho un messaggio per Rosalind». Loki girò la testa verso di me. *Corri*, mimò chiaramente con le labbra, e indicò con il mento la foresta, nella direzione opposta a quella in cui mi stava guidando Ragnar.

Rimasi a bocca aperta e Loki mi fece l'occhiolino. Poi si girò, fece scattare il braccio all'indietro e lanciò l'ascia dritta verso Ragnar.

Stavolta l'arma girò su se stessa e Ragnar si scansò troppo tardi.

La lama lo colpì in pieno petto. Il sangue schizzò e io urlai. Ragnar indietreggiò barcollando.

Prima che potessi correre al fianco di Ragnar, Loki mi afferrò il braccio, con le dita pallide come una morsa.

Urlai e cominciai a colpirlo.

«Stai ferma». Mi scosse, con il volto torvo. Un occhio era marrone, così scuro da essere quasi nero come quello di un corvo, e l'altro verde come una foglia di alloro. La sua testa si abbassò in modo da avvicinarmi le labbra all'orecchio. Un profumo di natura invernale mi investì, così forte che fu

57

come un soffio fresco sulla guancia. Sentii il sapore della magia. Magia forte. «Mi hanno mandato le streghe».

Il terreno sussultò sotto i miei piedi. Barcollai. «Cosa?»

Ma Loki si era voltato di nuovo verso Ragnar.

«Traditore», ringhiò Ragnar. Giaceva a terra, con il sangue che gli scorreva dal petto. Con un grugnito, afferrò la cima dell'ascia e la tirò fuori. Il sangue fresco sgorgò dallo squarcio, bagnando il terreno finché non fu disteso in una pozza rossa.

Ma era un Berserker, lui. Presto, la ferita sarebbe guarita.

Loki mi liberò e si avvicinò a Ragnar con le mani tese. «Dai, fratello».

Gli occhi di Ragnar brillarono d'oro. Le sue spalle stavano cambiando forma, si stavano ingrossando e gli stava spuntando una pelliccia nera. «Non sei un fratello».

Loki scrollò le spalle. Si voltò verso di me, e il sorriso svanì. «Cosa stai aspettando? Corri!» Mi scacciò con una mano lunga. «Gli impedirò di seguirti».

A bocca aperta, raccolsi la gonna e feci qualche passo verso la foresta.

«Rosalind», urlò Ragnar. Il sangue gli scorreva tra le dita, ma sembrava che non gli importasse.

Loki si frappose tra me e il guerriero a terra. «Andrà tutto bene».

Allungò una mano verso il basso, prese il lungo coltello di Ragnar dal fodero sulla gamba e cominciò ad agitarlo su e giù.

«Facciamo un nuovo gioco», disse Loki. «Tu con la tua ascia, io col tuo coltello».

«Ti ucciderò». Ragnar si mise a sedere. Lo squarcio sul petto era diventato più piccolo, la sua carne si stava ricomponendo davanti ai nostri occhi.

«Sembra divertente», disse Loki a Ragnar. Si voltò e mi

scacciò di nuovo. *Vai*, mimò. Feci ancora qualche passo, ma mi fermai tra due betulle.

«Non fargli del male», sussurrai.

«Non lo farò», disse Loki e si voltò scuotendo la testa, ancora con un ghigno selvaggio sul volto.

Fuggii nella foresta, con i ruggiti di Ragnar che mi inseguivano tra gli alberi.

CAPITOLO 5

 osalind

LA FORESTA mi accolse con favore per questa mia nuova ricerca. Non avevo un pugnale a guidarmi, ma i miei passi erano sicuri. Sapevo di essere diretta verso il Re Cadavere. Il crescente senso di terrore nel mio petto era un segno certo.

Almeno non c'erano più draugr sulla mia strada. Ce ne sarebbero stati, proseguendo, ma non potevo pensarci ora. Potevo solo fare un passo alla volta.

Scossi la testa mentre rivedevo gli eventi del giorno e della notte appena trascorsi.

Manderemo aiuto, mi avevano detto le streghe. Avevano mandato Loki. Gli Alpha, invece, Ragnar. E io mi ero trovata nel mezzo.

Ero ancora in missione, ma non avevo né il pugnale né la pietra di luna.

La pietra di luna è l'arma. È la fonte del potere e può essere usata per incatenarlo.

60

E Ragnar l'aveva gettata via. Dovevo riaverla, ma quali speranze c'erano di ritrovarla?

«Le streghe hanno detto che avrebbero mandato aiuto», brontolai alle querce. «Mi hanno anche detto che, una volta trovato, non avrei dovuto separarmene».

Mi fermai sui miei passi, toccandomi i capelli. La mia treccia si era disfatta da tempo. Ero affamata, sporca e stanca. Per non parlare del fatto che puzzavo di draugr.

Non avevo la pietra, né aiuto, né speranza.

Perché avrei dovuto continuare?

«Mi arrendo», annunciai al cielo che faceva capolino tra le fronde. Avrei dovuto tornare da Ragnar e farmi portare sulla montagna dei Berserker. Rannicchiarmi lì con il resto delle profetesse finché il Re Cadavere non sarebbe venuto a distruggerci tutti.

«Ma dov'è il divertimento?», disse qualcuno alle mie spalle. Urlai e mi voltai di scatto.

Loki si trovava all'ombra di una grande quercia, e mi sorrideva. Era vestito di nero, dalla cima della testa scura alla punta degli stivali. Stavolta non aveva il mantello. Non gli chiesi da dove avesse preso il vestito.

Allargò le mani in segno di saluto. «Felice di vedermi?

Scossi la testa e gli diedi le spalle per nascondere quella parte di me che era lievemente sollevata.

Si mise al mio fianco, adeguando il suo passo al mio.

«Dove stiamo andando?», chiese dopo qualche minuto.

Non dissi nulla e continuai a camminare per la strada che avevo percorso, nella direzione opposta alla tana del Re Cadavere. Ogni passo affievoliva un po' di terrore.

«Sei così silenziosa? Ragnar ha detto che non avresti smesso di parlare».

Ragnar. Mi fermai. «Dov'è Ragnar?»

«Di là». Il guerriero agitò una mano distratta.

«Lo hai lasciato indietro?»

61

«Certo», disse. «Ti stavo salvando».

Scacciai l'immagine di Ragnar a terra, in una pozza piena del suo stesso sangue. «È... Lui è...»

Loki aspettò pazientemente che formulassi la domanda. I suoi occhi erano davvero di due colori diversi, anche se quello marrone sembrava più normale, ora, non più di un nero inquietante.

«L'hai ucciso?», riuscii finalmente a chiedere.

«Ti importa di lui? Avevo l'impressione che ti avesse presa contro la tua volontà».

Arrossii. «Sì», risposi lentamente.

Loki inclinò la testa, osservandomi con gli occhi socchiusi, non come se mi stesse giudicando, ma come se riuscisse a leggere i miei pensieri. «Starà bene», disse alla fine. «Non devi preoccuparti per lui».

«Non ero preoccupata», sbottai prima di poter trattenere quella bugia.

«Come dice lei, mia signora. Ma adesso sembra che debba essere io a rapirti, perché stai andando nella direzione sbagliata Indicò a est. «Quella è la strada giusta per la tua missione».

«Non posso continuare», dissi. «Non c'è nient'altro che possa fare». Non sarei tornata da Ragnar né sarei andata sulla montagna dei Berserker. Sarei andata lontano, dove né i Berserker né le streghe avrebbero potuto trovarmi. Avrei trovato la mia strada. Se avessi viaggiato abbastanza a lungo, abbastanza lontano e velocemente, forse avrei trovato una terra in cui il Re Cadavere non esisteva.

Ma non sarei mai sfuggita al senso di colpa.

Hai una scelta, mi avevano detto le streghe, ma in realtà non era così. Anche se odiavo il mondo e tutti quelli che lo abitavano, come potevo lasciare che bruciasse?

«Hai perso la strada?», chiese Loki.

Mi sfregai la fronte. «Non importa. Ho perso la pietra di luna e il pugnale. La mia ricerca è inutile».

«Ah, allora potrebbe interessarti quello che ho trovato nel fango».

Tirò fuori il pugnale con la sua lama sottile. La pietra di luna scintillò nell'elsa.

Proprio così: quello che mi serviva era lì, nella sua mano.

Feci per prendere il pugnale, ma lui lo allontanò. Dalla cintura delle armi tirò altri due pugnali fuori dal fodero, piccoli e argentati come quello con la pietra, e iniziò a giocarci.

Lo guardai con i pugni puntellati sui fianchi. Era troppo alto e le sue braccia troppo lunghe per poter prendere il pugnale con la pietra.

«Ho trovato quello di cui hai bisogno. Cosa mi darai in cambio?»

Incrociai le braccia sul petto. «La mia eterna gratitudine».

Loki prese dall'aria tutti i pugnali, uno per uno, per poi lanciarli nuovamente. Quello con la pietra fu l'ultimo. Lo fece penzolare sulla mia testa. «Che ne dici di un bacio?»

Strinsi le labbra.

Mi rivolse un sorriso sornione. «Ti è mai piaciuto un bacio?»

Distolsi lo sguardo, ricordando il corpo di Ragnar che mi premeva contro le foglie, il calore e il peso della sua bestia.

«È un peccato che tu non abbia goduto di questa vita prima di congedarti», mormorò Loki.

Mi irrigidii. «Quindi morirò?»

«Ti comporti come se dovessi». Si buttò a terra, sul fitto tappeto di foglie, appoggiandosi contro un tronco ricoperto di muschio. «Ti darò il pugnale, ma voglio una ricompensa».

«Cosa desideri?»

«Voglio baciarti. Quando voglio, tutte le volte che

63

voglio». C'era un luccichio nel suo occhio destro, quello verde. Quello scuro, invece, mi inquietava soltanto.

Eppure, era bello come un angelo caduto. Era disteso sul suolo della foresta, con l'aria regale di un principe adagiato sulle pellicce. Anche dopo la battaglia, i suoi abiti erano immacolati.

Qualcosa in me desiderava avvicinarsi a lui. Tuttavia, respinsi la sensazione. «No.»

Lanciò il pugnale in aria. Girò su se stesso. Lo riprese, lo avvicinò per baciare la pietra del pomo e lo lanciò di nuovo.

Mi si contorse un dito nello stivale. Pochi passi e avrei potuto piantargli il piede nello stomaco, e poi? Dovevo recuperare il pugnale. «Ti bacerò. Una sola volta».

Loki prese il pugnale, chiudendo il palmo intorno alla lama. Sussultai per lui ma, quando aprì la mano, il palmo era intatto.

«Mi bacerai? Volentieri?» I suoi strani occhi brillarono.

«Sì.» Incrociai le braccia sul corpetto. «Non ho mai baciato un uomo di mia volontà. Tu sarai il primo».

«Ne sono onorato. Sei sicura di volerlo?»

«Sì.»

«Va bene allora». Si alzò in piedi con un solo movimento fluido, e continuò ad allungarsi mentre le sue mani tiravano su la giacca. La gettò via, offrendomi una visione ravvicinata del suo petto perfetto. L'ultima volta che lo avevo visto, era nudo e sporco di fango. Ora la sua pelle era pulita e priva di tatuaggi.

Forse li avevo solo immaginati.

«Ti piace quello che vedi?» Loki mi fece l'occhiolino. Le sue mani erano impegnate a slacciare la cintura, quella in cui erano riposte le armi.

Sollevai una mano per fermarlo. «Cosa stai facendo?»

«Mi tolgo i vestiti». Fece scivolare via la cintura e la gettò

64

insieme alle armi sulla giacca caduta. «Hai detto che mi avresti baciato, ma non dove».

Per evitare ogni altra conversazione, mi avvicinai, gli misi una mano sul petto e, cercando di ignorare i muscoli sodi e lisci sotto il palmo e il suo profumo, mi alzai in punta di piedi e gli diedi un bacio sulla guancia.

Mi allontanai per osservare la sua espressione corrucciata.

«Ah, un bacio fraterno», disse in modo piatto. «Ben fatto. Ho baciato i miei nemici con più entusiasmo».

Alzai gli occhi al cielo. «Non hai specificato che dovessi farlo con entusiasmo. Solo che ti avrei baciato volontariamente».

«Sì, suppongo che tu l'abbia fatto di tua volontà. Allora, un patto è un patto». Mosse il polso e gettò il pugnale a terra ai miei piedi. Mentre lo raccoglievo, tenevo gli occhi puntati su di lui, aspettandomi un trucco. Loki prese la giacca e la cintura dal suolo e si rivestì.

Mi sedetti sul tronco, rigirando il pugnale tra le mani. Non vidi alcun scintillio blu. Il pugnale sembrava ordinario, senza la sua pietra preziosa.

Loki mi aveva ingannata. Mi aveva dato il pugnale ma non la pietra di luna.

«Che cosa hai fatto?»

Le sue guance si incurvarono lentamente. Mi mostrò la mano vuota, poi la girò e la pietra apparve per un attimo tra le dita, prima che la lanciasse in aria.

«Ne ho bisogno». Strinsi la mascella prima che cominciassi a implorarlo di ridarmela.

«Nuovo accordo». Loki continuò a lanciare la pietra in aria e a riprenderla. «Stavolta, ti bacio».

Sarebbe finita, a un certo punto? Sollevai un dito. «Puoi darmi un bacio in cambio della pietra. Una sola volta».

«Molto bene.» Si sedette dolcemente sul tronco accanto a me.

Gli porsi la guancia. Lui si sporse e fece finta di perdere l'equilibrio, cadendomi in grembo.

«No». Lo spinsi via, ma lui mi tirò giù dal tronco e mi mise sulla schiena, dove mi bloccò e cominciò a sollevarmi la gonna.

«Cosa stai facendo?»

«Abbiamo contrattato per un bacio. Io ho dimenticato di specificare dove», fece una pausa, «ma lo hai fatto anche tu. Quindi posso baciarti dove mi pare».

Sollevò ancora di più la gonna. Mi mancò il fiato. Il cuore mi galoppava in petto.

I miei pugni strinsero le pieghe della gonna, non sapevo se per tirarla su o per spingerla giù.

Loki fece scivolare il tessuto più in alto, senza più l'espressione divertita in volto. Il suo viso era cupo come quello di un prete in una chiesa, mentre mi scopriva le gambe. Sotto il vestito più pesante, ero coperta da una veste leggera. Infilò la mano anche sotto di essa, stringendo la mia gamba nuda. Il suo profumo fresco e invernale mi avvolse.

«Bellissima», mormorò. Il suo tocco era leggero come il battito d'ali di una farfalla. Il corpetto divenne troppo stretto per poter respirare.

Prese una caviglia e la accarezzò, studiando i segni dei legacci di Ragnar. «Allora si è preso cura di te?»

«Sì»

Dita leggere mi percorsero le gambe, solleticando la morbida peluria dorata che mi rivestiva i polpacci. La mano di Loki si avventurò più in alto, fino a toccarmi il ginocchio. L'articolazione, stranamente, soffrì il solletico. Mi dimenai e Loki sorrise. «Ti bacerei qui. Ma c'è un punto più sacro su cui potrei farlo».

«Dove?» chiesi, incapace di staccare gli occhi dai suoi.

66

«Qui». Infilò una mano tra le mie gambe. La mia passera pulsò contro il suo palmo, come un secondo battito cardiaco. «Posso baciarti qui, Rosalind?»

Non desideravo altro che un suo bacio. «Un patto è un patto», sussurrai in risposta.

«Un solo bacio? Basterà?»

Deglutii. Il sudore mi imperlava la pelle, dappertutto.

Lui ridacchiò. «Non ancora. Un'altra volta». Abbassò l'orlo dell'abito che copriva il mio corpo, lasciando la mia intimità priva di attenzioni.

Mi mise una mano sul fianco e si chinò sulla mia bocca. Il suo profumo mi inondò: la sua magia era pungente come la menta, inebriante come l'idromele.

Prima che le nostre labbra si toccassero, però, gli colpii la spalla. Era più grande e forte di me, ma lo presi alla sprovvista e si ribaltò all'indietro, abbastanza lontano da permettermi di tornare in piedi.

Ero ansante, con la rabbia e l'eccitazione crescenti che si mescolarono l'una all'altra fino a farmi scoppiare per l'emozione. Mi bruciavano le guance.

Loki si alzò, ridendo, e io lo colpii di nuovo. «Che tu sia maledetto», sibilai a denti stretti. «Lasciami in pace».

Mi voltai e mi allontanai da lui, con le lacrime che offuscavano il cammino. Mi pulsava la passera. Dannato il mio corpo per avermi tradita.

Dannato lui. Dannata la pietra di luna e il pugnale.

Volevo le sue mani sul mio corpo. Ero nuda davanti ai suoi occhi e lui mi aveva respinta?

Se avessi potuto ucciderlo, lo avrei fatto.

«Rosalind.» Mi raggiunse, ma le sue parole erano ancora tinte dal divertimento. «Per la barba di Odino, rallenta».

«No», cambiai direzione, andando a sbattere contro un cespuglio di rovi nella fretta di scappare. Le spine mi strapparono la gonna e io la tirai via, agitandomi mentre i rovi si aggrovigliavano tra braccia e capelli.

«Smettila», ordinò Loki. «Ti farai male». Intervenne e mi liberò, con le lunghe dita che toglievano le spine e mi accarezzavano la pelle, controllando che non ci fosse sangue.

«Allontanati da me». Mi scansai. Come avrei fatto a sfuggirgli?

Capii in fretta di non dovermi preoccupare. Un forte urlo di battaglia risuonò nel bosco.

Loki si girò a metà. Una forma gigantesca emerse dalla foresta, colpì Loki a tutta forza e lo scaraventò a terra. La terra tremò per l'impatto e un masso volò via.

Mi addentrai ancora di più nella boscaglia. Quando c'era una lotta tra due Berserker, era meglio rannicchiarsi ben lontano.

In qualche modo, Loki riuscì a liberarsi. Ragnar muggì mentre il suo avversario scappava.

«Loki! Torna qui e combatti».

«Di nuovo?» Loki saltellò all'indietro, strappandosi le foglie rimaste impigliate nei capelli. «Non sei stanco di farti battere da me?»

«Hai barato», ringhiò Ragnar.

Loki tese le braccia. L'occhio marrone era di nuovo nero corvino. «Sono un imbroglione».

Ragnar tese una mano ammonitrice nella mia direzione. «Rosalind, allontanati. È pazzo. Crede di essere un dio». Ragnar si frappose tra me e il guerriero dai capelli scuri e impugnò la sua ascia. «Ma sanguina come un uomo».

«Come un Berserker». Loki si sfregò le unghie sulla sua bella giacca, con aria annoiata. «Stai turbando la nostra fuggitiva. Mettiamo giù le armi e risolviamo la questione in modo equo».

«Tu non combatti lealmente».

«Bene. Tieniti la tua arma, ma io metterò da parte la

mia». Si tolse la cintura, quella che inguainava i suoi numerosi pugnali. Quasi come se ci avesse ripensato, mi lanciò la pietra di luna. La presi e la strinsi forte, anche se mi ronzava nel palmo della mano. La luce blu brillava tra le dita.

Mi nascosi dietro un albero per controllare se fosse davvero lei. Il ronzio era reale. La luce era reale. Loki mi aveva aiutata davvero.

Stavolta.

«Lasciaci in pace, Berserker», ordinò Loki a Ragnar. «Quest'affare non ti riguarda».

«Ti ucciderò e lascerò il tuo corpo in pasto ai corvi», ringhiò Ragnar. «Rosalind è mia».

«Se non mi ascolti, te lo ficcherò io in quella testa dura».

Infilai la pietra e il pugnale nella mia sacca.

Bastava così. Avevo recuperato la pietra di luna e il pugnale. Loki avrebbe impedito a Ragnar di seguirmi. Con un po' di fortuna, Ragnar avrebbe fatto lo stesso con Loki.

Un ruggito indicò che Ragnar aveva perso la pazienza con le trattative di Loki e attaccò di nuovo. Un boato, e una grande quercia oscillò per l'impatto. Piovvero foglie.

Sbirciai dietro un cespuglio di alloro. Loki e Ragnar stavano lottando, entrambi in piedi, con gli stivali che scavavano solchi nel terreno frondoso mentre si stringevano in un abbraccio quasi fraterno. Il volto di Ragnar era rosso per lo sforzo. Loki, invece, sembrava annoiato, nonostante i suoi stivali stessero lentamente scivolando all'indietro.

Era la mia occasione. Strinsi forte il mantello per evitare che si impigliasse in altri rovi e mi allontanai dai guerrieri.

«Rosalind!» L'urlo di Ragnar mi frenò, ma non potevo rimanere lì per lui. Non c'era alcun motivo logico per cui avrei dovuto farlo.

«Un bacio!», gridò Loki con un'allegria maniacale. Smise di spingere, lasciando che Ragnar cadesse in avanti, verso di lui. Loki tirò su il Berserker biondo e gli afferrò entrambi i lati del viso.

«Cosa?» Ragnar grugnì inorridito, gli occhi blu si allargarono quando le labbra di Loki si posarono sulle sue.

Non aspettai di vedere con quanta passione Loki lo stesse baciando. Mi tappai la bocca con una mano per soffocare una risata, e mi nascosi di nuovo dietro l'alloro. Un altro ruggito scosse il bosco alle mie spalle intanto che fuggivo via.

~

Ragnar

«STUPIDO», gridai a Loki per la cinquantesima volta. Avrei negato che fosse un Berserker se non mi fossi ricordato di lui, nel mio branco. La mia memoria non era più quella di una volta, ma mi sembrava di ricordare un guerriero con un occhio marrone e uno verde. Poteva essere strano, ma non aveva mai commesso un tradimento del genere. Quando l'avrei denunciato agli Alpha, lo avrebbero fatto a pezzi.

Ma avevo intenzione di essere io il primo a farlo.

Mi sfregai le labbra per cancellare la sensazione del tocco di Loki. «Perché mi hai baciato?»

«Non dire che non ti è piaciuto». Loki arricciò le labbra.

Il mondo divenne rosso. Attaccai e lui si scansò, tuffandosi in una capriola per poi rotolare e tornare in piedi.

«Ti ucciderò», giurai.

«A meno che non sia io a ucciderti per primo», mi fece notare. «Vieni a prendermi», canticchiò danzandomi intorno.

Sollevai l'ascia sopra la testa. Una mossa vistosa. Attaccai dritto, ma all'ultimo feci una finta, lasciando cadere l'ascia per colpirlo all'addome.

Loki indietreggiò e la mia ascia mancò il bersaglio per un pelo.

«Rimani fermo, stupido», gridai.

«Come hai fatto quando ti ho baciato?», chiese Loki, e mi fece l'occhiolino.

Feci un affondo e lui saltello all'indietro. «Stai zitto e combatti!»

«Così da permetterti di uccidermi?»

«Almeno moriresti da uomo».

«Non posso morire. Non ancora», disse. «Gli dèi non lo vogliono. Devo prima portare a termine la mia missione. Si mise una mano sul cuore e si inchinò. Nel bel mezzo di una battaglia.

«Ti rimanderò ai creatori. Fallirai la tua missione».

«Non posso fallire», disse lui, triste. «Se stavolta muoio, sarà l'ultima. Devo espiare i miei peccati». Si inchinò di nuovo. «Ma prima dobbiamo trovare la nostra preda. Sai dov'è la nostra piccola fuggiasca?»

Smisi di pedinarlo e mi raddrizzai. «Rosalind?»

La radura era vuota, ma quando alzai la testa sentii un accenno del suo profumo nella brezza.

Imprecai. «Per le palle di Thor».

«Non sono così grandi come immagini», disse Loki.

«Vuoi stare zitto?», ringhiai io, e mi diressi nella direzione in cui era andata Rosalind. Dovevo trovarla, e l'avrei fatto. Non c'era nessun altro che potesse tenerla al sicuro in questi boschi. Solo Loki, e non mi fidavo di lui. «Smettila di parlare come se fossi un dio».

«Ma io non sono un dio», rispose Loki. «Non più».

Mi accarezzai la barba e mi sfregai la fronte. Loki imitò i miei movimenti, accarezzandosi il mento, però, perché non aveva la barba. Che razza di Berserker non portava la barba?

Mi faceva male la testa. Loki era il Berserker che ricordavo, sempre così pazzo?

71

«Sei fuori di testa», brontolai.

«Meglio che essere fuori dal letto», cantilenò ancora Loki.

«Stai zitto e corri».

Schivai gli alberi, cercando di lasciarlo indietro. Ma, indipendentemente da quanto veloce corressi, Loki mi era accanto, con i suoi lunghi capelli scuri che svolazzavano nel vento mentre ridacchiava come un uomo impazzito.

Rosalind

QUANDO MI RESI conto che stavo camminando in cerchio il sole era già tramontato. Avevo superato due volte lo stesso mucchio di massi e lo stesso boschetto di betulle.

Nella mano avevo ancora stretta la pietra di luna. Poco prima aveva illuminato il mio cammino, ma ora la sua superficie era ormai opaca. Questo significava che mi ero allontanata dalla terra del Re Cadavere? Oppure che mi ci ero avvicinata?

La realtà era che, da quando avevo incontrato Ragnar, nulla era andato per il verso giusto. Quando ero rimasta con lui, sembrava che l'esercito di non morti ci stesse riportando verso il Re Cadavere. Sentivo sempre più la sua presenza nella mia testa, ma nessun chiaro indizio che mi aiutasse a proseguire. Solo una certa riluttanza a muovermi. Lo stesso terreno sembrava risucchiarmi gli stivali.

Strinsi il pugnale che avevo riappeso alla gola e mi accasciai contro un albero. Perché avrei dovuto portare avanti la mia missione? Loki mi aveva restituito la pietra e il pugnale, ma a cosa serviva questa misera arma contro un potente mago?

Le streghe avevano detto che mi avrebbero mandato un aiuto ma, finora, ero stata assalita da due guerrieri: uno pazzo, l'altro determinato a ostacolare la mia missione.

Scelsi una direzione a caso e iniziai a camminare, per poi fermarmi quando un'ombra apparve sul mio cammino.

Da dietro un albero era spuntato Ragnar. Non l'avevo sentito avvicinarsi. «Rosalind».

Squittii e scappai via, ma Loki mi prese, cogliendomi alle spalle.

«Stai andando dalla parte sbagliata, di nuovo», mi sussurrò all'orecchio per poi spingermi tra le braccia di Ragnar.

«Presa», disse il guerriero dagli occhi blu.

«Lasciatemi andare!», urlai e spinsi Ragnar, che mi strinse le braccia intorno. Mi afflosciai, a peso morto, poi provai a calciargli tra le gambe.

«Ti si oppone», osservò Loki.

«Zitto e dammi una mano», grugnì Ragnar. Non riuscivo a guadagnare un'angolazione abbastanza buona da dargli un calcio tra le gambe, così gli calpestai i piedi finché non mi sollevò dal terreno.

«Preferisco guardare». Loki si era seduto contro un tronco, mezzo sdraiato con le dita allacciate dietro la testa. «Potreste sfiancarvi a vicenda, e poi potrei prenderla e andarmene».

«Puoi provarci». Quando provai a cavargli gli occhi, Ragnar reagì e mi tenne i polsi.

«Non possiamo continuare a lottare per lei», commentò Loki. «Non ha senso».

«È un bene che tu l'abbia capito», disse Ragnar. «Quindi lascia che la prenda io e la porti agli Alfa. Non mettermi il bastone tra le ruote».

«No, no,», disse Loki. «Le streghe hanno un piano diverso. Rosalind è la chiave per sconfiggere il Re Cadavere».

La presa di Ragnar si allentò e io mi liberai, dando qualche rapido passo prima che Loki mi riacciuffasse.

«Ferma, fugiaschella». Loki mi immobilizzò con il minimo sforzo.

A quella vista, la fronte di Ragnar si corrucciò. «Non può sconfiggere il Re Cadavere», disse a Loki. «Il Re Cadavere è un mago potente. Una giovane donna che possibilità ha di contrastare la sua magia?».

«Le streghe hanno parlato, però». Loki mi bloccò, con la schiena attaccata al suo petto, e mi accarezzò la guancia. Io ringhiai e cercai dargli una gomitata nello stomaco.

«Le streghe sono pazze quanto te», disse Ragnar, con gli occhi che si illuminarono di giallo. «Salverò Rosalind e non mi verrà negato».

«Non verrò con nessuno dei due», urlai prima di liberarmi. Mi allontanai, cercando freneticamente una via di fuga. Entrambi i Berserker mi stavano seguendo, lentamente, come se avessero tutto il tempo del mondo per prendermi.

«Dobbiamo trovare un modo per giungere a un accordo pacifico», disse Loki a Ragnar con gli occhi puntati su di me. «Che ne dici di una partita a pietre?».

«È una follia», mormorai, e mi tuffai nella foresta. Due mani mi afferrarono le braccia e mi tirarono indietro, urlante.

«Di questo passo, la spezzeremo in due», ragionò Loki. «Leghiamola e poi decideremo cosa fare».

Fu così che mi ritrovai legata a un albero, in verticale, con le corde incrociate sul petto. Mi appoggiai alla corteccia, con i capelli sul viso e i piedi dolenti. Ero stanchissima.

«Poverina», disse Loki appoggiandosi al tronco, accanto a me, col viso vicino al mio. «Lascia che ti aiuti». Mi infilò le dita tra le ciocche bionde e aggrovigliate per pettinare via le foglie e spostarmele dal viso.

«Non mi sleghi?», chiesi con fare esausto. Mi faceva

male la testa, ma il tocco di Loki e il suo fresco profumo quasi magio sembrarono scacciare in fretta la stretta alle tempie.

«Non finché non decideremo cosa farne di te», urlò Ragnar da dove stava accendendo un fuoco.

«Prometto di non scappare».

«Hai già fatto questa promessa». Ragnar si alzò, spolverandosi le mani. Si appoggiò al lato opposto del tronco. Due Berserker, uno oscuro e uno giusto in contrasto tra loro ma uniti contro di me.

Sospirai e lasciai cadere la testa all'indietro. Era inutile continuare a combattere.

Loki inclinò la testa di lato. «E se la slegassimo, ma solo dopo esserci assicurati che sia troppo stanca per scappare?».

Ragnar si accarezzò la barba. «Potremmo».

«Ci sono diversi modi per stancarla», disse Loki. I due Berserker rivolsero lo sguardo su di me, mandandomi una scarica calda a percorrermi il corpo fin tra le gambe.

Strinsi le cosce, ma non servì a nulla. Un liquido caldo mi colò sulla pelle. Sbattei le palpebre mentre la pesante coltre della magia del Re Cadavere si sollevava, la nebbia si dissipava, accartocciandosi come foglie bruciate. Il mal di testa sparì, sostituito dalla fame pulsante al basso ventre.

Loki schioccò le dita». «Ecco, La nostra sfida sarà questa». Fece danzare le sopracciglia. «Vince chi la fa venire prima».

«Ci sto», rispose Ragnar, raddrizzandosi per guardarmi con occhi determinati.

«Aspetta», dicemmo sia io che Loki allo stesso tempo.

Ragnar si fermò, torreggiando di lato su di me. Il suo calore e il suo profumo mi avvolsero. Bloccata dal fuoco blu nei suoi occhi, tremai nei legacci.

«Cosa?», sbottò Ragnar per rispondere a Loki, sebbene non mi avesse tolto lo sguardo di dosso.

«Devi farle raggiungere l'orgasmo ma senza toccarla», disse Loki.

«Cosa?».

«Devi farle raggiungere l'orgasmo ma senza toccarla», ripeté Loki avvicinandosi a me. «La tua carne non deve toccare la sua. È questa la sfida. Sei d'accordo?»

Ragnar guardò Loki come se in procinto di attaccarlo da un momento all'altro. La tensione tra i due uomini ai miei lati era così fitta da togliermi il respiro. «Sì», disse alla fine Ragnar.

«Davvero?», ansimai. Mi avrebbero dato un orgasmo senza toccarmi? Come sarebbe stato possibile?

Poi entrambi mi squadrarono da capo a piedi, spogliandomi con gli occhi. Il loro sguardo mi indebolì le gambe. Se non fossi stata legata, sarei caduta.

«Liberala», disse Loki. «Non avvolgere la corda intorno al corpo, ma legale le braccia sopra la testa». Entrambi si affrettarono a renderlo possibile.

Mi legarono più vicino al fuoco, facendomi passare le braccia sopra la testa per legarmi i polsi. Dopo, venni legata a una lunga corda bloccata a un ramo in alto. Il resto del mio corpo era libero di contorcersi nella brezza. La corda era appena sufficiente per permettere al mio peso di poggiare su entrambi i piedi.

«Comoda?», chiese Loki mentre saggiava la corda che avevo sopra la testa.

«Non molto», brontolai, spostando il peso sull'altro piede.

«Presto sì, tesoro», disse, accarezzandomi i capelli. «Presto sì».

«Senza mani», ringhiò Ragnar. Si fermò al fianco opposto, scaldandomi quel lato come una fornace. Il bruciore della sua rabbia contrastava col profumo fresco e invernale di Loki.

«Giusto». Loki fece un passo indietro. Si sistemò i capelli in una treccia e si spolverò le mani. «La sfida inizia ora», annunciò.

«Comincio io», disse Ragnar. «Visto che sei stato tu a decidere la natura della sfida».

«Certo.» Loki agitò la mano e si ritirò vicino al fuoco, dove incrociò le braccia e si sistemò a guardare. Gli lanciai un'occhiataccia per dimostrare il mio disappunto, ma lui non mostrò alcun pentimento. Al contrario, mi fece l'occhiolino.

Ragnar si chinò più vicino a me, con un'espressione determinata in viso. Mi girò lentamente intorno. Combattei l'impulso di dimenarmi per non perderlo di vista. Un brivido mi percorse la schiena, come se la mia stessa carne fosse consapevole del suo braccaggio. Tornò davanti a me e si fermò a pochi centimetri di distanza. Sentii il suo sguardo sul mio viso.

«Sei bellissima», disse.

«Lo so», sussurrai.

Ragnar chinò la testa per avvicinarla alla mia. Era vicinissimo, così vicino che il suo respiro mi accarezzava la guancia. Chiusi gli occhi. Lo sentii inspirare profondamente. Un leggerissimo movimento e la sua barba mi avrebbe sfiorato la pelle.

«Senza toccarla», urlò Loki.

Il ringhio di risposta di Ragnar gli rimbombò forte nel petto, ma non si voltò. Si inginocchiò davanti a me e avvicinò la testa alla gonna, alla parte superiore delle cosce. Allungò il naso e inalò di nuovo. Stava annusando il mio profumo. Mi si scaldarono le guance.

Dopo aver fissato gli occhi blu nei miei, Ragnar raccolse l'orlo della gonna e la sollevò. Mi si strinse la passera quando l'aria mi sferzò i polpacci.

«Senza toccarla», insistette Loki.

77

«Hai detto che non avremmo potuto toccarle la pelle. Non hai detto di non toccarle i vestiti».

«Vero». Loki inclinò la testa di lato come per rifletterci su. «Osserva la legge alla lettera ma non il suo senso». Fece un mezzo sorriso. «Ben fatto».

Ragnar alzò gli occhi al cielo. Ci scambiammo un sorriso segreto prima che il guerriero inginocchiato ai miei piedi tornasse a tormentarmi. Lentamente, molto lentamente, mi sollevò la gonna per scoprirmi i calzoncini bianchi. Il tessuto sottile era l'unica barriera tra la mia carne e il suo respiro caldo.

Spostai il peso da una gamba all'altra.

«Vuoi che la tenga?», chiese la voce di Loki da un punto alle mie spalle. Non sapevo quando si fosse spostato dal fuoco, ma era successo.

«No», ringhiò Ragnar. «Non toccarla».

«Lo farei da sopra ai vestiti», disse Loki con fare mite ma senza avvicinarsi: scelta saggia. Ragnar avrebbe potuto perdere il controllo della bestia e attaccare da un momento all'altro.

«Non preoccuparti», mi disse Loki come se potesse leggermi nel pensiero. «Sopravviveresti».

«Ne sei così sicuro?», replicai per nascondere il mio disagio. Questo Loki non era quello che sembrava. «Dovresti preoccuparti della tua pelle».

«Ti preoccupi per la mia pelle?», chiese Loki poggiandosi la mano sul cuore con finta commozione, «Sono commosso».

«Taci», mormorò Ragnar, ancora inginocchiato davanti a me, con la testa sporta verso il mio sesso. «Stai disturbando il mio turno».

«Esattamente», disse Loki, senza allontanarsi.

«Ignoralo», mi ordinò Ragnar. Ancora inginocchiato davanti a me, girò la testa da una parte e dall'altra, così vicina alla mia passera che la stoffa dei calzoncini si impigliò nella barba. «Allarga le gambe».

Schiusi le labbra ma non mi opposi. Per qualche motivo sconosciuto, obbedii. La passera mi pulsava allo stesso ritmo del cuore. Il nettare mi gocciolò dal sesso, colandomi lungo l'interno delle cosce.

Quando Ragnar sollevò la testa, aveva gli occhi che brillavano d'oro.

«È incredibile», ansimò. «È così bello». Mi tirò su i calzoncini e mi scoprì il sesso. La mia peluria bionda gocciolava di rugiada.

«Questo sì che è uno spettacolo». Loki si allontanò un po' per ammirarlo. Ragnar, davanti a me, sembrava impassibile. Poi, le sue dita armeggiarono con il tessuto che aveva stretto in mano. Con una mano mi tenne sollevata la gonna e con l'altra prese una cinghia di cuoio per legarmi il vestito alla vita. Poggiò entrambe le mani a terra e si sporse di nuovo per riprendere ad annusarmi. La sua barba mi sfiorava quasi la gamba...

«Ragnar», lo chiamai. «Ragnar».

Lui mi guardò sbattendo le palpebre.

«Se mi tocchi, perdi», gli dissi. In quel momento, non volevo perdesse.

Mi rivolse un cenno d'assenso deciso. «Non devo toccarti», concordò. «Non devo toccarti». Le spalle larghe si sollevarono quando sospirò. Un alito del suo respiro mi colpì il sesso, e arricciai le dita dei piedi negli stivali.

Si avvicinò ancora di più, sulle ginocchia.

«Loki», lo chiamai. «Io posso toccarlo?».

Un sorriso malvagio scivolò sul volto di Loki. «Mmmh, bella domanda». Finse di rifletterci, tamburellandosi le dita sul mento. «No».

«Nemmeno per sbaglio?», incalzai.

Vidi Ragnar rabbrividire ai miei piedi.

«Vuoi che perda?», sbuffò Loki. «E va bene, ti concedo solo uno sbaglio. Uno solo».

Ragnar sembrò non sentire. Si chinò ancora, inclinando la testa così che il mento barbuto sfiorasse il ciuffo biondo tra le mie gambe. Il battito del cuore mi rimbombava nelle orecchie.

«Ti sta toccando?», mi chiese Loki, ma fu Ragnar a rispondere.

«Solo con la barba. Non con la pelle».

«Così vicino a barare, ma senza farlo del tutto». Loki scosse la testa, ma aveva un sorriso in volto. «Molto bene, te lo permetto».

Ragnar spinse la testa in avanti, bagnandosi completamente la barba. «È vicino?», mi chiese.

Io venni percorsa da un brivido e strinsi i legacci sopra la testa. Sembravo un pesce all'amo, catturato ma non preso.

«Vicino», mormorò Ragnar tra sé, rispondendo alla sua stessa domanda, «ma non abbastanza». Si ritirò e sfilò un lungo coltello dal fodero.

«Ragnar?». Mi tremò la voce quando mi avvicinò la lama alla passera.

«Attento», lo avvertì Loki.

E Ragnar fu attento. Tenne il coltello, facendolo oscillare da una parte all'altra per rasare i peli biondi che mi coprivano il sesso. Una volta finito, piccoli brividi mi ricoprirono la pelle. La mia passera mi sembrava pulita e nuda, scoperta all'aria.

Stavolta, quando tornò a strofinare la barba umida contro la mia carne sensibile, una sensazione mi esplose nel ventre e gridai, afferrando la corda sopra la mia testa per rimanere ferma.

Le sue labbra mi accarezzarono la carne.

«Tocco!», gridò Loki, anche se non sapevo come riuscisse a vedere, dietro al fuoco.

«Sono stata io», ansimai. «È stato un incidente». Lasciai cadere la testa all'indietro. Il mio corpo era un peso morto, un pendolo: qualsiasi movimento avrebbe potuto farmi dondolare verso il piacere che tanto bramavo. «Mi hai concesso un incidente».

«E che sia l'unico». Loki si avvicinò, accovacciandosi in prossimità così da poter cogliere eventuali altri errori.

Ragnar ne rimase ignaro, inginocchiato di schiena. Trovò una foglia verde e la portò alle pieghe del mio sesso. Trattenni il respiro mentre la spostava avanti e indietro per solleticare ogni mio punto sensibile. La sensazione somigliava a un'agonia, mi stimolava senza spingermi oltre il limite. Mi si strinse ogni muscolo, la spirale del bisogno era pronta a girare.

Passarono i minuti, un tempo che passai contorcendomi da una parte e dall'altra alla ricerca di sollievo. La foglia danzò sulle mie labbra laggiù finché la sua superficie verde non divenne lucida.

«Ammetti la sconfitta?», chiese alla fine Loki.

«No», disse Ragnar. «No». Tuttavia, lasciò cadere la foglia e si alzò.

No... avrei voluto ululare.

Ragnar si passò una mano sul viso. Quando la lasciò cadere, i suoi occhi si accesero come torce nella notte. Indietreggiò, restando in piedi a poca distanza, con le braccia muscolose incrociate sul petto. «Ma vediamo se tu riesci a fare di meglio».

Loki scivolò al mio fianco. «Rosalind», sussurrò. Il suo profumo mi investì, rinfrescandomi la pelle e lasciandomi desiderosa del suo calore. Mugolai. Il mio sesso pulsava ancora, voglioso di stimoli. Arricciai le dita dei piedi negli stivali.

Mi abbassò la gonna, poi appoggiò la mano sul tessuto, le dita sulla mia passera coperta. Quel tocco era troppo ma non abbastanza. Le sue dita presero a strimpellarmi il sesso, la sensazione attenuata dalla stoffa spessa ma comunque sufficiente a provocare una nuova ondata di eccitazione. Mi allungai in punta di piedi.

«Non è giusto», sussurrai.

«Io non gioco secondo le regole». Avvicinò la testa finché i suoi capelli neri non mi solleticarono la conchiglia dell'orecchio.

Si ritirò, sistemandosi alcune ciocche di capelli in una treccia stretta. Ne leccò l'estremità e la sollevò verso il mio orecchio per sfiorarmi il bordo sensibile e il suo interno.

Sentii una scintilla accendermi il sesso. Tuttavia, strinsi i denti e mi opposi a essa.

«No, non opporti, fuggiaschella. Lasciati andare».

Sobbalzai nei miei legacci quando un braccio invisibile mi bloccò i fianchi. Qualcosa di simile a una lingua mi scivolò lungo l'interno coscia, lambendomi le pieghe.

Che razza di magia era questa? Ansimai, troppo sopraffatta per chiedere cosa stesse succedendo. L'occhio destro di Loki brillava di verde, l'altro era nero come il cielo della notte.

Le lingue invisibili continuarono a leccare. Una di esse, però, si avventurò dentro.

«Oh», gemetti. Le mie dita scavarono nella corda, aggrappandovisi con tutta la forza che avevano.

«Più forte», ordinò Loki. Le lingue presero a leccare con più veemenza.

Il mio orgasmo fiorì, scuotendomi nella sua presa. Un grido mi sfuggì dalle labbra prima che potessi impedirlo.

Ragnar imprecò.

«Ha barato», ansimai. Mi dimenai, ma non riuscivo a sfuggire a quel solletico tra le cosce. Mi girai per guardare Loki, la cui bocca era allargata in un ghigno diabolico. «Hai barato».

«Non ti ha toccata», disse Ragnar a denti stretti. «Ho visto».

Scossi la testa.

«Un bacio». Loki mi afferrò il mento e posò le labbra sulle mie. «Pretendo il mio bacio». La sua lingua si spinse nella mia bocca.

Poi le sue labbra presero a scivolarmi lungo il collo.

La corda in vita si allentò e all'improvviso sentii l'abito e i calzoncini sollevarsi dalle mie spalle. Loki mi aveva spogliata con un solo strattone. Gli indumenti caddero in una pila ai miei piedi. Rimasi lì, nuda e appesa, con le braccia sopra la testa. Come un sacrificio.

«Sì», disse Loki, con le labbra ancora incollate su di me, proprio sopra il seno destro. Il capezzolo mi si inturgidì alla frescura della notte.

«Il mio bacio», mormorò sulla mia pelle. «Sempre lo stesso bacio». Le sue labbra non lasciarono mai la mia carne, nemmeno quando trascinò la bocca più in basso. Mi accarezzò l'ombelico con la lingua, e io strinsi le cosce.

«Lo stesso bacio». Mi costrinse a divaricare le gambe. Ora ansimavo, con la testa china e i capelli che mi ricadevano sulle spalle. Loki si appoggiò una delle mie gambe sulla spalla e posò la bocca all'apice del mio sesso. Gettai la testa all'indietro, le mie grida si levarono come l'ululato di un lupo.

Loki mi strinse le cosce, tenendo la bocca attaccata alla mia passera per spingere la lingua all'interno e bere i miei succhi come fossero idromele.

La sensazione delle lingue sulla carne crebbe e urlai il mio orgasmo alla luna. La sensazione, però, non si fermò. L'orgasmo mi investì ancora e ancora finché le lacrime non mi rigarono le guance. Ero persa in un oceano ribollente, sballottata dalle onde del piacere. Agitai i polsi nei legacci finché delle gocce non mi caddero sul volto: sudore o sangue, non lo sapevo.

«Rosalind, Rosalind», mormorò Ragnar. Le sue grandi mani mi accarezzarono la schiena nuda per riportarmi al presente. «Tranquilla». Mi sostenne, tagliando la corda sopra la mia testa, pronto a prendermi quando mi sarei accasciata a terra. Mi adagiò delicatamente a terra, sistemandomi sul suo grembo. Mi accarezzò il labbro inferiore col pollice.

Loki tenne la bocca ferma sul mio sesso, sdraiandosi con me fino a distendersi tra le mie gambe. Io, intanto, ero flaccida tra le braccia di Ragnar.

Loki si alzò soltanto dopo un ultimo, debole orgasmo e si leccò le labbra come un gatto che ha bevuto del latte.

«Ecco», disse compiaciuto a Ragnar, «Ora è troppo stanca per scappare». Si pulì la bocca con le dita e poi le leccò. Il mio corpo fu scosso da un'altra convulsione di piacere.

Distolsi lo sguardo, ancora tremante. La mia intimità sembrava indolenzita.

Loki si accigliò e si accovacciò vicino a me, chiudendomi una mano intorno alla caviglia.

«No!» Sobbalzai sotto le sue dita, cercando di liberarmi dalla sua presa con un calcio.

«Shhh», mi zittì. «Va tutto bene. È finita».

«Cosa c'è che non va?», Chiese Ragnar sistemandosi a sedere e tirandomi a sé con un braccio intorno al mio torso. «Le hai fatto male?».

«No. Ma troppo piacere può fare anche peggio. Vieni», Loki si inginocchiò più vicino e aprì le braccia, «Il mio tocco aggiusterà tutto. Dalla a me».

Nonostante il ringhio che gli rimbombò nel petto, Ragnar mi lasciò alle cure di Loki. Il guerriero dai capelli scuri mi prese in braccio e mi portò al fuoco, dove mi sistemò sulle sue ginocchia. Strinsi le gambe, mugolando al ricordo delle lingue invisibili sulla mia intimità. Cos'era appena successo?

Loki si occupò di me, avvolgendomi nel suo mantello.

Anche il suo profumo mi avvolse e, mio malgrado, mi rannicchiai di più al riparo del suo petto. «Ecco qui. Proprio così». Lo sentii ridacchiare. «Un po' di cibo, un po' di idromele e starà bene».

«Non c'è idromele», disse Ragnar.

«Controlla nella mia borsa», suggerì Loki, indicando un albero con un cenno del mento. Ragnar andò e trovò un grosso arco appoggiato al tronco.

«Non avevi una borsa, prima», sussurrai.

Loki mi fece l'occhiolino. I suoi occhi erano tornati al loro normale doppio colore. Stavolta, però, era l'occhio sinistro a essere verde. Prima che potessi fermarmi, allungai una mano verso il suo viso.

Loki mi posò un dito sulle labbra. «Shhh. Hai trovato l'idromele?», chiese poi a Ragnar, alzando la voce.

Ragnar lanciò la sacca di pelle verso di noi. La borsa finì sul terreno, ma a portata di mano di Loki.

«C'è anche del pesce», aggiunse.

«Trovato», rispose Ragnar.

Loki mi mantenne la testa per farmi bere intanto che Ragnar accendeva il fuoco tra un brontolio e l'altro. L'infuso al miele mi rigenerò ma, quando Ragnar aveva ormai terminato di cucinare il pesce, Loki non mi permise di mangiare da sola. Ero ancora nuda, coperta solo dai capelli.

«Sei stata brava, Rosalind», mi sussurrò Loki.

«Tu hai barato», sussurrai in risposta, «Non so come, ma lo hai fatto».

«Shhh». Mi spinse un pezzo di pesce cotto tra le labbra. «Mangia di più, tesoro, e recupera le forze», disse più forte.

«Quindi hai vinto tu», Esordì Ragnar punzecchiando il fuoco che stava fulminando con lo sguardo come se fosse la faccia di Loki. «E adesso?»

«Proseguiamo nella nostra missione».

«Quale missione?». Ragnar si accorse che tremavo e tirò

85

fuori il mantello dalla sacca di Loki, che mi girò così che l'altro guerriero potesse avvolgermelo intorno.

Loki scosse la testa. «Non ti chiedi come abbia fatto una donna a sfuggire dalla guardia di un Berserker? Lo hanno voluto le streghe e così è stato». Poi, indicò i miei stivali. «Glieli hanno dati le streghe. Le hanno detto di andare in missione ma non può parlarne, vero?».

Ragnar mi guardò. «Rosalind?»

Mi leccai le labbra e scossi la testa.

«Non puoi dimostrarlo», disse Ragnar aggrottando la fronte.

«Non potrei... se fossi soltanto un uomo», rispose Loki.

Ragnar sbuffò ironico. «Ancora con questa storia».

«Sai che sto dicendo la verità», ribatté Loki sollevando la mano destra per muovere le dita, «Per quanto possa contare, ho un po' di magia». L'aria si addensò, l'energia mi ronzò sulle braccia nude. Un profumo di menta mi investì, forte come quello delle bacche di gaultheria.

Gemetti.

«Shhh, non sei ferita. Sei sensibile alla magia, è così?», disse strofinandomi le braccia, e la sensazione si attenuò. «Ho creato un incantesimo per proteggerci dalle orecchie del Re Cadavere. Puoi parlare liberamente, ora».

Aprii la bocca, e scoprii che era vero: l'incantesimo che mi bloccava la gola era svanito. «È vero», dissi a Ragnar. «Le streghe mi hanno dato un pugnale con una pietra di luna. Hanno detto che devo sconfiggere il Re Cadavere».

«Come?», chiese Ragnar con voce roca, «Nemmeno un Berserker può combattere il mago».

Non lo disse, ma lo sentii comunque: *questa missione sarà la tua rovina*. Lasciai penzolare la testa.

«No», Ragnar si accovacciò di fronte a me e mi cinse una guancia con la mano ruvida. «Non ti lascerò andare».

Mi appoggiai al suo palmo con gli occhi chiusi. Il suo odore mi avvolse.

«Toccante», disse Loki, «Ma deve andare. È la nostra unica speranza». Mi spostò sulle ginocchia di Ragnar e mi portò i piedi sulle sue. I suoi pollici mi massaggiarono la pianta, sfregando la pelle in un modo delizioso. Al suo tocco, le mie palpebre sfarfallarono.

«Cosa dovrei fare? Devo portare a termine la missione. Non capisci—».

«Prova a spiegare», mi suggerì Loki massaggiandomi i talloni.

Mi costrinsi a parlare chiaramente. «Devo espiare i miei peccati. È colpa mia se il Re Cadavere è quasi arrivato a impossessarsi della pietra di luna».

«Ma la stavi portando al cuore del suo potere», fece notare Ragnar, sfregandosi la barba.

«Nelle mie mani è un'arma contro di lui—».

Ragnar lasciò cadere la mano e diede uno schiaffo al terreno. «Sai come usarla?»

Seppellii il viso tra le mani.

«Basta», disse Loki, «È stanca. Qui siamo al sicuro. Può riposare mentre noi le facciamo la guardia».

Insieme, i due guerrieri mi adagiarono tra loro. Ragnar mi prese i polsi e li legò.

«È troppo stanca per fuggire», protestò Loki. Non sentii la risposta di Ragnar perché mi ero già arresa al sonno.

87

CAPITOLO 6

 osalind

QUANDO MI SVEGLIAI il sole stava già penetrando tra le foglie degli alberi.

Mi alzai di scatto, sentendomi rigida. Ragnar si accovacciò vicino, allentando i legacci intorno ai polsi.

Ritrovai la lingua. «Mi avete lasciata dormire».

Mi accarezzò i capelli e intorno ai suoi occhi si formarono delle rughe. «Ne avevi bisogno».

Mi leccai le labbra, godendomi il suo tocco. La nostra era un'alleanza nuova, ma Ragnar rimaneva pericoloso, così come distrarmi dalla mia missione.

«Dov'è Loki?».

Il calore sul viso di Ragnar svanì. «È andato in avanscoperta». Allungò una mano dietro la schiena e sollevò un fagotto di stoffa scura. Lo scosse e sussultai. Il fagotto si srotolò in una ricca cascata scintillante color porpora, così

88

scura da sembrare nera. Era un abito come non ne avevo mai visti. Un abito adatto a una regina.

«Loki ti ha lasciato questo». Ragnar mi spinse il fagotto tra le mani con fare quasi dispiaciuto.

Toccai il broccato lucente. «È fatto di magia», grugnì.

«Ragnar, chi è Loki? Lo conosci?».

«Pensavo di sì. Lo ricordo come un guerriero, ma lui sostiene di essere un dio».

Mi tornò in mente il volto perfetto di Loki. «Può essere vero?».

«Se lo è, speriamo che sia davvero dalla nostra parte». Fece per alzarsi, ma lo fermai con una mano sul braccio.

«Ti fidi di lui?».

«Neanche un po'», rispose, e sospirò. «Rosalind», mi prese le mani nella sua, strofinando i pollici sui polsi per lenire i segni che avevano lasciato i legacci, «se è vero quello che dite sul fatto che le streghe ti hanno scelta per compiere questa missione, allora ti ho fatto un torto cercando di riportarti indietro».

«Va tutto bene. Lo capisco». Chinai la testa nella speranza di nascondere il rossore che il suo tocco mi provocava sulle guance.

I suoi occhi brillarono d'oro. «Quello che non riesco a capire è perché abbiano mandato te, così giovane, mai messa alla prova, ad affrontare questo mostro».

Allontanai le mani, seppellendole nelle pieghe del mio nuovo abito. Non mi piaceva parlare di questo argomento. Per un attimo desiderai di nuovo l'incantesimo che mi bloccava la gola. «Te l'ho detto. Porto il marchio del Re Cadavere su di me». Le mie dita si contrassero, prese dalla voglia di sfregarmi la fronte. Non avrebbe aiutato. Il marchio non era qualcosa che avrei potuto lavare via. Sulla montagna dei

Berserker avevo provato con qualsiasi tipo di sapone e spugna. Per tutto l'inverno. E i sussurri del Re Cadavere mi avevano comunque rubato il sonno. Era abbastanza per far impazzire una donna. Non c'era da stupirsi che avessi accettato la missione. Era l'unico modo per liberare i miei pensieri.

Un profondo ringhio proruppe dal petto di Ragnar, spaventando entrambi. «Non c'è modo di rimuoverlo?», la sua voce possedeva quel tono gutturale tipico della bestia.

«Le streghe hanno detto che avrebbero mandato degli aiutanti a guidarmi». Mi infilai le ginocchia sotto il mento. Avrei dovuto raccontargli il seguito? «Quando siamo stati circondati dal suo esercito mi hai baciato la fronte, e mi sono schiariti i pensieri».

Ragnar rimase in silenzio, nonostante tutto il corpo fosse rigido come quello di un predatore pronto a scattare. Posai una mano sul suo avambraccio teso, accarezzandogli col pollice le vene che avvolgevano il muscolo duro. «Il Re Cadavere è rimasto a lungo legato alla mia mente. Ma credo che il tuo bacio abbia... sortito qualche effetto». Ecco, l'avevo detto. Ora Ragnar sapeva tutto di me.

Abbassò la testa abbastanza da sfiorarmi le trecce con le sue. «Pensi che sia servito?», disse. Mi circondò col braccio, attirandomi a sé.

«Non lo so», mi appoggiai contro di lui, «Qualcosa è successo, però. Ha... aiutato».

«Forse dovremmo rifarlo». Il suo respiro mi solleticò l'orecchio. Inclinò la testa, accarezzandomi la guancia con la punta del naso. «Giusto per esserne sicuri».

«Ragnar—», e ogni mia protesta morì. Chiusi gli occhi e inclinai il viso, offrendogli la bocca.

Stavolta il suo bacio fu delicato. Le sue labbra sfiorarono le mie, accarezzandole, stuzzicandole. Seducendole. Dita callose mi afferrarono il mento e mi tennero ferma per approfondire il bacio. La sua lingua si spinse nella mia bocca.

La delicata esplorazione si trasformò ben presto in un saccheggio.

Il calore mi inondò il corpo come se avessi sorseggiato un ottimo idromele, col miele che mi ribolliva nelle vene. Mi girai nell'abbraccio di Ragnar, rivolgendomi completamente a lui. L'abito mi scivolò dal grembo, ma non mi importava. Il mio corpo fremeva, la pelle nuda desiderava premersi contro la sua.

Qualcuno in lontananza si schiarì la voce, ma ero troppo lontana per interessarmene.

«Per quanto adori tutto questo», la voce beffarda di Loki penetrò la foschia che mi offuscava la mente, «è ora di andare».

Un'ombra torreggiò su di noi. Era Loki, con le braccia conserte e uno sguardo valutativo sul volto magro. Sobbalzai tra le braccia di Ragnar, che però non mi lasciò andare.

«Ci stai interrompendo», mormorò Ragnar, continuando ad accarezzarmi il collo con la punta del naso. Io, invece, afferrai l'abito viola da dove era caduto sul terreno e usai il tessuto per nascondere la mia nudità.

Loki mi rivolse un sorriso sghembo. «Non possiamo evitarlo. La strada è libera, dovremmo andarcene. Stanno arrivando altri non morti».

Ragnar mi lasciò, e mi misi in piedi. «Dammi un momento per vestirmi».

Al sorgere del sole, ci incamminammo, addentrandoci sempre di più nelle terre del re Cadavere.

Avanti c'era Loki, in perlustrazione, con il suo corpo vestito di nero che quasi scivolava tra un albero e l'altro. Ragnar, invece, mi stava accanto, come un monolite con le gambe, a proteggermi le spalle. La sua presenza mi calmava, proprio com'era successo prima, quando eravamo stati accerchiati dai draugr e il Re Cadavere aveva cercato di impossessarmi della mia mente.

Mi asciugai la fronte imperlata di sudore. Gli stivali e l'abito che indossavo erano troppo pesanti per quel caldo. I capelli erano un groviglio intriso di sudore, sporchi a causa delle notti passate a dormire per terra. Una volta ero una ragazza vanitosissima, ma ora avrei fatto di tutto per andare dove dovevo e portare a termine la missione.

«Davanti a noi è tutto libero», annunciò Loki con aria allegra quando si riunì a noi. Si sistemò alla mia destra. I suoi capelli scuri erano ordinati e lucenti come le ali di un corvo, gli abiti neri immacolati. Lo invidiavo e detestavo allo stesso tempo. Forse era il suo vestiario elegante e ben aderente, o forse gli occhi bicolore, ma c'era qualcosa in lui che mi inquietava. Qualcosa di ultraterreno, come se fosse davvero qualcuno che le streghe avevano invocato per darmi aiuto. Qualcuno che aveva le sembianze di un uomo.

Loki era bello, senza alcun dubbio. Non avevo mai visto un viso così perfetto. Anche Ragnar era bello, ma di una bellezza brutale, con i tratti spigolosi e il naso rotto. Sembrava esattamente quello che era: un guerriero, un predone mandato a uccidere e a saccheggiare. Loki aveva l'aspetto di un principe, o di un fiero membro della razza elfica in visita nelle terre degli umani. Aveva un'andatura elegante, come se l'aria intorno a lui gli facilitasse il cammino. Mi ritrovai a camminargli vicino, come se lui fosse una calamita e io un chiodo. Le sue dita lunghe ed eleganti continuavano ad attirare il mio sguardo, facendomi tornare in mente la magia che avevano esercitato sulla mia carne, anche se desiderare un uomo simile non mi sarebbe servito a nulla.

Il mio stupido corpo, però, non diede retta all'avvertimento. Bloccata com'ero tra i due, sentii la pelle fremere. Solo ieri sera mi avevano legata e si erano sfidati a chi mi avrebbe portato per primo all'orgasmo.

Il mio stivale cozzò un sasso e quasi caddi in avanti.

«Attenta», disse Loki allungando una mano, ma fu Ragnar ad afferrarmi il gomito. Riacquistai l'equilibrio ma, nonostante ciò, Ragnar continuò a tenermi.

«Dobbiamo riposare», grugnì il guerriero biondo.

«No», dissi io, «Sto bene». Mi infilai una ciocca sudata dietro l'orecchio. «Dobbiamo continuare a camminare».

«È così ansiosa di correre verso la nostra rovina». La voce di Loki era beffarda, ma i suoi occhi racchiudevano una certa consapevolezza. Scossi la testa alle sue parole, al riparo dallo sguardo di Ragnar.

«Perché dici così?», chiese Ragnar. Ora la sua mano mi si era spostata sulla spalla per tirarmi più vicino a lui.

Loki scrollò le spalle. «Questa missione è una follia. Nessuno lo sa meglio di Rosalind. Tuttavia, io sono qui per assistervi in qualsiasi modo», disse, poi si inchinò.

«Pazzo», mormorò Ragnar, girandomi verso di lui. «Rosalind, non dobbiamo andare avanti».

«No», dissi io, «io devo».

Dopo una breve pausa, Ragnar annuì come se fosse una sua scelta e non mia. Il suo essere protettivo mi eccitava e mi infastidiva al tempo stesso.

Ero così perversa... Di tutti gli uomini al mondo, ne desideravo uno con cui ero sempre in contrasto e un altro che possedeva una strana magia e credeva di essere un dio. Entrambi erano mostri pericolosi a modo loro.

Più ci addentravamo nella foresta, più l'umidità diventava opprimente. Il silenzio.

«Strano», dissi, più che altro per rompere il silenzio.

«Cos'è strano?», chiese Loki. Ragnar spostò un ramo per farmi passare.

«Stavo pensando», dissi. «Quando ero bambina, all'orfanotrofio, mi avevano detto di non andare mai nella foresta. Le suore ci spaventavano con storie su bestie e creature spaventose che ci avrebbero rapite».

«Quanta ragione avevano», disse Loki, inarcando un sopracciglio mentre indicava Ragnar con un cenno del capo.

Scossi la testa. «Poi sono cresciuta a ho imparato che i veri mostri non sono bestie in agguato nella foresta, ma uomini. È un miracolo che non abbia mai affrontato la foresta prima d'ora». Sempre meglio della mia vita all'abbazia. Forse sarei potuta scappare prima di essere spacciata.

«Non c'è nulla da temere», disse Ragnar dopo una pausa. «Ti proteggeremo noi».

«Rosalind parla di orrori subiti molto tempo fa», disse Loki. Non mi piaceva il fatto che sembrava leggermi nel pensiero.

Lo squadrai con sguardo sospettoso. «Forse dovresti andare in avanscoperta».

«Forse». Sembrava avere lo sguardo divertito. Mi stava prendendo in giro.

«Facciamo a turno?», chiese a ragnar. «Tu le stai accanto e io vado in avanscoperta. Poi ci scambiamo. Io andrò per primo». Loki s'incamminò prima che Ragnar potesse dissentire o accettare.

Ragnar fece una smorfia e scosse la testa. «Non mi fido di lui».

«Dimmelo, se cerca di baciarti di nuovo. Ti proteggerò io». Gli accarezzai il braccio.

Marciammo in silenzio. Ragnar mi torreggiava accanto, con le manone a stringere il manico dell'ascia e la testa che si muoveva continuamente in cerca di pericoli. Di tanto in tanto, annusava il vento. Avrebbe fiutato le armate del Re Cadavere prima ancora che le vedessimo.

All'improvviso, il mio piede tozzò l'estremità di un tronco e Ragnar mi afferrò il gomito prima che inciampassi. «Come sta la caviglia?».

«Bene», gli risposi con un cenno del capo.

Si passò una mano sul viso e allungò l'altra per dirmi di

andare avanti. Sentii il calore del suo sguardo accarezzarmi la schiena. Se avessi guardato nella sua mente, avrei visto un unico desiderio: portarmi al sicuro. Mi spinsi in un fitto labirinto di rami, aspettando raggiungesse l'apice della frustrazione così da pormi le sue domande.

Alla fine, arrivarono. «Rosalind, perché le streghe hanno scelto proprio te?».

«Non lo so», dissi, nonostante lo sapessi eccome. Detestavo di parlare della mia vergogna segreta, dell'affinità che avevo col Re Cadavere. Gli avevo già detto del marchio che portavo. Dovevo spiegare ancora?

«E qual è il piano? Come pensi di portare a termine questa missione?».

Feci una smorfia e guardai Loki. *Aiutami.*

«Le streghe l'hanno avvertita di non parlare del piano», spiegò Loki a Ragnar. «Temevano che avrebbe attirato l'attenzione del mago. Le hanno lanciato un incantesimo per bloccarle la voce. Ma qui siamo al sicuro. Prova, Rosalind».

Aprii la bocca, aspettandomi che l'incantesimo della strega bloccasse la mia risposta, ma non accadde nulla. Potevo raccontarglielo, ora... «C'è un'arma: il pugnale. Dovrei usarlo su di lui. La pietra di luna è la sua nemesi. Le streghe potranno usarla per distruggerlo. Io ricopro un ruolo minore, ma sono la migliore possibilità che hanno di avvicinarsi a lui».

«Perché porti il suo marchio», mormorò Ragnar, e io annuii con le guance in fiamme. Me ne vergognavo. Di tutte le profetesse, io ero quella che era stata marchiata dal Re Cadavere. Era colpa mia. In qualche modo l'avevo attirato a me, senza volerlo, e poi ero stata troppo debole per resistere. Avevo convissuto con il senso di colpa per tutto l'inverno.

Forse sarebbe stato un bene se non fossi sopravvissuta alla missione.

«Una volta che lo avrai attaccato, cosa accadrà?», chiese

Ragnar come se potesse percepire il senso generale dei miei pensieri.

Scrollai le spalle.

Un ringhio lo attraversò. Mi afferrò il braccio, costringendomi a frenare i miei passi. «Mostramelo, allora», disse. «Mostrami come usi quest'arma».

Strinsi il corpetto dell'abito, premendomi il pugnale sul petto. «Cosa?».

«Facciamo pratica», disse Ragnar con gesti impazienti. Mi voltai per metà per estrarre il pugnale dal suo nascondiglio tra i miei seni. Una luce lattiginosa e blu mi illuminò il viso.

«No», disse prima che potessi togliermi il laccio dalla testa. «Meglio tenerlo nascosto».

Io concordai e nascosi di nuovo il pugnale.

«Tieni», mi passò uno dei suoi, «alleniamoci. Quello è il Re Cadavere», disse indicando un albero, «Fammi vedere come lo impugni».

Gli mostrai come impugnavo il pugnale. Lui mi risistemò le dita in modo che l'elsa mi si appoggiasse più agevolmente sul palmo. «Sì». La sua manona si chiuse sulla mia.

«Ora, affonda. Con il palmo verso l'alto, così». Tirò tutto il mio braccio in avanti con un movimento improvviso ma fluido. Io chiusi gli occhi e cercai di immaginare la lama scivolare tra le costole di un uomo.

«Di nuovo». Ripeté il movimento diverse volte finché non mi venne più facile. «Ora...», mi girò in modo che fossi rivolta verso l'albero. Mi poggiò le mani sulle spalle per tenermi ferma. «Infilalo nel tronco».

Ci provai, ma il mio movimento incerto fece conficcare a malapena la punta nella corteccia.

«Più in basso», disse. «Devi trarre vantaggio dal peso». Mi fece tenere il pugnale proprio all'altezza dell'anca, così da far scattare il braccio in avanti e da appoggiarmi al corpo. Il primo tentativo mi fece staccare un pezzo di corteccia. Mi aiutò a tirare fuori il pugnale dal legno e a riprovare con il suo grande corpo premuto contro la schiena. E così, insieme, ci esercitammo a sferrare un colpo più omogeneo.

«È così che si fa», mi mormorò all'orecchio. «Riprova».

Spinsi il pugnale in avanti usando la forza dei fianchi.

«Bene», mormorò Ragnar. Il suo corpo si appoggiò al mio. Quando tirai fuori il pugnale dall'albero, sbattei contro il suo corpo muscoloso. Mi portò le mani ai fianchi, tirandomi a sé. Un'arma mi pungolò il sedere: non l'ascia o il pugnale che aveva con sé, ma il suo membro.

«È un gioco solo per due», chiese la voce beffarda di Loki alle nostre spalle. «oppure possono unirmi anch'io?». Il guerriero dai capelli scuri apparve nel nostro campo visivo.

«Vattene», disse Ragnar.

Loki lo ignorò e si appoggiò all'albero con cui stavamo facendo pratica. «Che cosa ha fatto di male quest'albero perché lo pugnaliate in questo modo?».

«Ti stai offrendo volontario per prendere il suo posto?». Ragnar girò, in modo che fossi proprio di fronte a Loki. «Resta fermo. È per una buona causa».

«Ragnar», protestai.

«Oh no». Loki fece un passo avanti, abbassandosi il colletto della casacca per scoprire la pelle liscia sul cuore. «Colpisci il bersaglio, cara Rosalind».

«È inutile», dissi lasciando cadere il braccio lungo il fianco, con la punta della lama rivolta verso il terreno. «Non posso colpire al cuore il Re Cadavere».

«Non ne sarei così sicuro». Loki si fece avanti e mi prese il braccio. «La pietra di luna ha una mente propria». Mi tirò il braccio in avanti, in modo che il pugnale gli toccasse il petto. I miei occhi incontrarono i suoi, e provai una strana sensazione. Per un attimo mi sembrò di poter sentire il battito del suo cuore e di poter far battere il mio all'unisono.

97

«Lo senti, cara Rosalind?», mormorò Loki.

«Ora basta». Ragnar mi tirò indietro e l'incantesimo si spezzò.

Scossi la testa per schiarirmi i pensieri. Ragnar, intanto, stava fulminando Loki con lo sguardo. I due guerrieri si sarebbero puntati le armi alla gola da un momento all'altro.

«Continuiamo a camminare», dissi dopo essermi schiarita la voce.

«Che bella idea», rispose Loki. «Fratello, tocca a te andare in avanscoperta».

«Non sono tuo fratello», brontolò Ragnar.

«Non preoccuparti», disse Loki con voce melliflua, «mi prenderò io cura di Rosalind». Il suo sguardo mi costrinse a mordermi il labbro. Era davvero saggio, restare da sola con lui? C'era qualcosa che mi attirava, in quello strano guerriero, quasi come se ci fosse davvero un po' di magia in lui. E questo mi rendeva diffidente. Avevo già un legame con un mago, non ne avevo bisogno di un altro.

Ragnar si alzò in piedi, impugnando l'ascia e guardando Loki come se non avesse bisogno di un motivo per strappargli la testa corvina dal collo.

«Vai», dissi a Ragnar. «Starò bene».

Con un cipiglio in volto, il Berserker biondo si addentrò a passo pesante nel bosco.

Loki, invece, si sfregò le mani. «Ora che se n'è andato, vogliamo allenarci per conto nostro?».

«Non dovremmo continuare a camminare?». Sollevai la gonna e andai avanti, seguendo le tracce che Ragnar aveva lasciato sul terreno.

Loki mi seguì. Sentivo il suo sguardo sulla schiena.

«Vieni?», sbottai.

Lui inclinò la testa di lato. «Preferisco la vista da qui».

«Oh, che uomo sciocco». Tornai indietro e gli presi il braccio.

«Oh, questo è bello!». Posò la mano sulla mia come se fossimo due amanti che si recano nel loro nido d'amore. Nascosi il brivido che il suo tocco mi procurò. «È una bellissima giornata per una passeggiata nella foresta».

«Finché non ci imbatteremo nei draugr», ribattei.

«Dubito che li vedremo presto».

«Perché li abbiamo superati?».

Loki scrollò le spalle. «Oppure perché il Re Cadavere sente che ti stai avvicinando a lui e desidera attirarti ancora più vicino. Sguinzaglierà i suoi servitori solo se ti girerai e correrai nella direzione opposta».

«Come fai a saperlo?»

La sua bocca si curvò in un sorriso insensato. «So alcune cose».

Gli lasciai il braccio e mi distanziai da lui. «Ragnar dice che pensi di essere un dio».

Allargò le braccia. «Non ho forse l'aspetto di un dio?».

Mi sfregai la fronte. «Mi fai venire voglia di lanciare cose».

«Freya dice lo stesso». Si inchinò e tese la mano. «Soprattutto quando faccio questo». La pietra di luna gli brillava nel palmo.

Strinsi il laccio di pelle che avevo intorno al collo, solo per scoprire che il pugnale era ancora lì, al contrario della pietra. «Loki!»

«Calmati». La pietra di luna gli danzò sulle dita come l'ultima volta, scomparendo tra le nocche per poi riapparire nello spazio successivo.

Mio malgrado, feci un passo avanti. Era un evento ipnotico. Dopo un minuto a guardare, alla fine mormorai: «Devi restituirmela».

«Mh, forse lo farò. Forse no».

Sospirai. «Cosa vuoi in cambio?».

«Quanto mi conosci bene! Sì, barattiamo». Loki lanciò la

pietra in aria e la riprese, poi mi mostrò il palmo vuoto. Aveva fatto sparire la pietra.

Mandai giù l'urlo di frustrazione che minacciò di sfuggirmi dalle labbra.

«Dimmi, Rosalind», mi disse con quel suo mezzo sorriso beffardo, «sei giovane, senza alcuna abilità o magia. Eppure, le streghe hanno scelto proprio te per portare a termine questa missione».

«Sì. Lo so», risposi in tono brusco. Cosa stava per chiedermi?

Inclinò la testa, meno beffardo e più curioso. «Perché lo stai facendo?»

«Tu perché lo stai facendo?», rilanciai.

Lui scrollò le spalle. «Quando avrò terminato, le streghe muoveranno una petizione a Odino per farmi riavere i poteri. Tocca a te. E niente bugie».

Deglutii. «Per mia sorella. Affinché possa trascorrere una vita tranquilla».

Loki fece un passo verso di me. Le ombre si allungarono sui suoi zigomi alti. Avevo la sua intera attenzione, e riuscivo a sentire che poteva vedermi dentro, fino alle ossa. «E tu?». Mi infilai una ciocca sudata dietro l'orecchio. «Tu non desideri avere una vita tranquilla?».

«È troppo tardi per me. Ma non per lei».

«Mh». Loki si tamburellò un lungo dito elegante sulle labbra mentre mi studiava. «È che non capisco cosa tu possa guadagnarci. Sai bene quanto me che non—».

Lo interruppi prima che potesse dire altro. «Hai mai fatto qualcosa per qualcuno che non fosse te stesso?».

Lui arricciò le labbra come se stesse riflettendo attentamente sulle mie parole. «No».

Trattenni una risata amara. «Almeno sei onesto».

«Non voglio essere un eroe. Mi accontenterei di non essere cattivo». Aprì la mano e sul palmo ricomparve la pietra di luna. Sotto il mio sguardo, riprese a passarsela agilmente tra le dita.

Feci per prenderla, ma lui la sollevò.

La frustrazione che mi ribolliva nel petto si riversò in ogni vena. «È un gioco per te? Perché per me non lo è».

Alzò le mani. «Per la prima volta nella mia lunga esistenza, sono mortale. Sono abituato a giocare, a passare il tempo dilettandomi in qualche trucchetto. Ma adesso la vita non è più un gioco. Scusami se mi sto ancora adattando».

«Beh, dovrai adattarti più in fretta», sbottai. «Questa missione è questione di vita o morte, per me. Se sei troppo egoista per capirlo, allora vattene. Il tuo aiuto non è necessario».

Mi voltai e mi diressi tra gli alberi.

«Rosalind», mi chiamò Loki e, quando non mi girai, mi seguì. Mi scansai, spingendomi attraverso un gruppo di imponenti pini. I loro rami ricoperti dagli aghi mi sferzarono il viso. Non mi importava.

«Per la barba di Odino, Rosalind, fermati».

Con quelle gambe tanto lunghe, Loki mi raggiunse senza troppi sforzi. Mi tirò via dal groviglio di rami in cui mi ero spinta. Io rimasi immobile, col volto congelato in un'espressione di testardo dolore, mentre lui mi toglieva gli aghi di pino dai capelli.

«Mi dispiace, fuggiaschella».

«Dovresti aiutarmi».

«Lo sto facendo. Tieni». Mi prese la mano e fece scivolare la pietra di luna sul palmo.

«Così è inutile. Dovrebbe rimanere sul pugnale—».

«No. Assecondami un momento». Mi sollevò la mano. «Puoi farla scivolare tra le dita come ho fatto io?».

Chiusi la mano intorno alla gemma e la strinsi al petto. «Perché?», gli chiesi corrugando il naso.

«Voglio provare una cosa. Provaci, Rosalind. Fallo per me».

Con aria sconsolata, tesi la mano. Le dita e il pollice si mossero di loro spontanea volontà, facendomi rotolare la pietra di luna tra le nocche.

Lui si dondolò sui talloni, quasi compiaciuto. «Come pensavo».

«Cosa?», chiesi.

«Hai una... affinità».

«Un'affinità», ripetei con tono piatto.

«Magia, Rosalind. Hai della magia».

Balbettai una risposta, ma lui sollevò una mano.

«Il tuo potere non è stato allenato né testato. Le streghe non hanno avuto tempo di insegnarti a usarlo. Non preoccuparti, però: quando arriverà il momento, saprai cosa fare».

Strinsi di nuovo la pietra nel palmo. Era una mia impressione o la gemma stava pulsando come attraversata da una flebile energia magica? «Non capisco».

«Mostrami di nuovo il trucco», disse aspettando pazientemente mentre lo guardavo.

Stavolta, però, ci pensai troppo. Rischiai di far cadere la pietra un paio di volte, ma riuscii comunque a farla passare correttamente tra le nocche una o due volte.

«Hai un talento naturale», mormorò Loki alle mie spalle. Aveva la testa china vicino alla mia, così tanto da farmi rabbrividire.

Mi allontanai da lui, diretta verso un tronco su cui sedermi. «La pietra dovrebbe stare sul pugnale». Tirai fuori l'arma e la incastrai sul pomo, aggiustando i fili d'argento così che la tenessero in posizione.

Non chiesi come avesse fatto Loki a farla ricomparire nelle sue mani, ma lui notò il mio sguardo interrogativo.

«Ha una mente propria». Loki fece spallucce, il che non rappresentava una vera risposta. «Come la sua proprietaria».

«Non è mia, me l'hanno data le streghe». Mi morsi il labbro, timorosa di porre troppe domande. «Hai detto che ho un'affinità... Cosa intendevi?».

Lui scrollò le spalle. «Non lo so con certezza, ma sembra che ti sintonizzi rapidamente con la magia che ti circonda. La assorbi. È un'abilità interessante che potrebbe tornare utile durante questa missione... Ma perché hai quell'aria? Rosalind, cosa c'è che non va?».

La disperazione mi era montata dentro, dando vita a un nodo che mi bloccava la gola. «Avevi ragione. Le streghe sono state sciocche a scegliere me per questa missione».

Si sedette accanto a me sul tronco, col viso placido. «Perché dici così?».

«Il Re Cadavere sa che sono suscettibile alla magia. Mi ha usata come pedina». Mi sfregai gli occhi. «La mia affinità non è un'abilità. È una debolezza. Non sono un'alleata, sono uno dei nemici. Se devo essere la salvezza del mondo, temo che la missione sia finita prima ancora di cominciare. Sto condannando tutti alla rovina».

Loki mi prese sulle ginocchia prima che potessi protestare. «Rosalind», disse con voce gentile, «si dice che il Re Cadavere possa insinuarsi nella mente e piantare il seme della disperazione. Può far sì che gli uomini lo temano e può farli impazzire. È così che mette insieme i suoi eserciti di non morti. Tuttavia, può influenzare anche i vivi». Mi infilò una mano tra i capelli. «È da tempo che questa malinconia ti intrappola. Da prima che il Re Cadavere ti cercasse».

Un pugno invisibile mi stringeva la gola, ma riuscii comunque a rispondergli. «Sì».

Annuii lentamente. Lo sguardo di Loki era quasi tenero. «Da quanto tempo ti tormenta?».

«Da quando sono stata lasciata all'orfanotrofio». Strinsi le labbra perché non volevo più parlarne. Mi spinsi dal suo grembo e mi lisciai la gonna. Una volta finito, la maschera di

103

Loki era tornata al suo posto, sul suo volto. Un sorriso cinico si affacciava sul suo volto insolitamente bello.

«Un'orfana che ha in mano il destino del mondo. È una storia meravigliosa».

«La racconterai?», chiesi mantenendo la voce vivace.

«Lo farò. Se vivrò per farlo». Si alzò e si strofinò la mano sui calzoni. «Ora, ricorda il trucco. È un'abilità migliore del sapere usare bene un pugnale».

«Trucco?». Certo che l'avrebbe detto.

Loki indicò il mio corpetto, proprio il punto in cui, sotto strati di tessuto e il suo fodero di cuoio, era nascosta la pietra di luna. «Quella pietra è la nostra salvezza, non il pugnale. La pietra è l'arma con cui sconfiggerai il Re Cadavere». Notò la mia espressione e mi accarezzò la guancia. «Rallegrati. Non sospetterà di te».

«Temo di essere destinata a fallire», sussurrai.

Il suo pollice mi accarezzò la mascella. «Non dire così. Se muori, morirò con te».

Gli spinsi via la mano. «Moriremo tutti, se fallisco».

«Allora userò tutti i miei trucchetti per aiutarti a farcela». Rimase di fronte a me, cingendomi il viso con le mani. Lo guardai: era più alto di Ragnar, più alto di chiunque altro avessi mai incontrato. E bellissimo.

«Ti insegnerò io». Mi fissò la bocca. Le mie labbra fremevano, pronte. «Hai molte armi, Rosalind, non solo il pugnale». Il suo viso era così vicino che i nostri respiri si mescolavano l'uno con l'altro. «Abbaglia il tuo nemico». L'occhio verde brillò.

Un'ondata di eccitazione mi spinse in punta di piedi, e gli sfiorai le labbra con le mie. L'energia si sprigionò, crepitando nell'aria come un fulmine. Sentivo formicolare la pelle.

Afferrai la parte anteriore della sua casacca, tirandolo più vicino. Premetti la bocca sulla sua, con più trasporto, per alleviare il frenetico bisogno che mi era sorto in petto.

Loki rise anche quando la sua bocca incontrò la mia. «Ecco, proprio così».

«Questo è combattere?», mormorai contro le sue labbra.

«Sì. E tu combatti dannatamente bene». Il suo petto ansava sotto il mio palmo, e capii che provava ciò che stavo provando io. Un tocco caldo e quasi liquido mi accarezzò la schiena. Le vere mani di Loki mi stringevano le braccia, quindi quello che sentivo alle mie spalle poteva essere soltanto magico.

Era una bella sensazione. Mi sporsi un po', lasciando che quel calore si diffondesse sulla mia pelle. Ben presto, ricoprì tutta la schiena, e pregai silenziosamente che quella sensazione si spostasse verso il basso.

«Vuoi il potere, Rosalind?».

Sobbalzai perché avevo detto a Ragnar di volere il potere, non a Loki. Era un'altra prova che Loki sapeva leggere nel pensiero?

«Tu hai potere. Un grande potere». La sua mano scivolò lungo il corpetto, fino a toccarmi il sesso. «Devi solo farlo uscire». Il calore magico si diffuse verso il basso, scivolandomi sui glutei, gocciolandomi lungo le cosce.

Un fuoco puro mi riempì le vene, mescolandosi col sangue. Sollevai la gamba e Loki la afferrò per agganciarsela in vita, in modo che potessi strusciare la mia intimità contro la sua coscia. Si chinò su di me, con le labbra e la lingua fameliche che banchettavano con le mie. I miei seni si gonfiarono finché l'abito non diventò troppo stretto. Conficcai le unghie nella casacca di Loki come se fosse una pergamena da strappare. Ero una bestia. Ero vogliosa della sua pelle, delle sue labbra e della sua lingua, del suo peso a immobilizzarmi sul suolo della foresta e del suo membro che pompava sperma dentro me.

«Rosalind». Loki mi afferrò i polsi frenetici. «Ehi, piano. Rosalind».

105

Ringhiavo come un Berserker. Ero impazzita.

«Rosalind», riecheggiò una voce tra gli alberi che mi costrinse a tornare in me. Che mi costrinse a richiamare l'attenzione sulla cupa realtà e sulla natura della mia missione. Dovevo solo essere il mezzo che avrebbe contribuito alla sconfitta del Re Cadavere? Non potevo prendermi un momento per essere me stessa?

«Rosalind». Era Ragnar che chiamava il mio nome.

Spinsi via Loki e indietreggiai per lisciarmi l'abito prima che Ragnar spuntasse tra gli alberi. Non volevo che mi vedesse così premuta contro Loki. Ai miei occhi, sembrava un tradimento.

Come aveva fatto il mio cuore a lasciarsi coinvolgere in quel modo? Non aveva mai desiderato un uomo, e ora ne bramavo due. Due che si odiavano a vicenda. E comunque non aveva importanza. Tutto ciò che avevo, tutto il mio amore e la mia devozione, doveva essere sacrificato per la missione.

Ragnar apparve e si avvicinò a me.

Ma Loki mi si parò davanti, fermandolo di colpo. Il gesto infastidì Ragnar, ma ne approfittai per ricompormi. Conoscendo Loki, questo significava che le sue azioni avrebbero potuto avere due risultati diversi.

«Cos'hai trovato?», chiese Loki.

«Niente per miglia e miglia. Ma il vento trasporta il fetore dei draugr. Forse stiamo andando incontro a una trappola».

«No», rispose Loki, quasi annoiato. «Ci stiamo avvicinando al cuore del potere del Re Cadavere. Siamo molto vicini, se non lo abbiamo già raggiunto. Dobbiamo essere prudenti. Presto ci imbatteremo nella sua tana». Puntò i suoi occhi diversi nei miei. «Se non oggi, domani».

Aprii la bocca, ma la chiusi subito. Non avevo nulla da dire. Cosa potevo fare? Di certo, desiderare più tempo con questi due guerrieri non me lo avrebbe fatto capire.

«Andiamo, allora», dissi per poi incamminarmi nella foresta a testa alta.

Ancora una notte. Avevo ancora una notte da trascorrere con i Berserker. Poi avrei affrontato il Re Cadavere nella sua tana.

In un modo o nell'altro, la mia missione si sarebbe conclusa.

UNA LEGGERA coltre di nuvole copriva il cielo. Intanto, camminavo a testa bassa. Ogni passo sembrava in salita. Ragnar ci stava facendo strada, infilandosi tra massi e rocce appuntite che minacciavano di squarciarci gli stivali.

«Ecco», disse, e sollevai la testa. Eravamo su una collina che dominava un'ampia pianura coperta da una nebbia grigia, dello stesso colore delle nuvole sopra di noi. C'era del movimento in lontananza.

«Draugr», ringhiò Ragnar, indicando la massa brulicante. «Lì. E lì».

«Sono così tanti».

Era proprio come il sogno che avevo fatto, solo che accanto a me non c'era il Re Cadavere, ma Loki e Ragnar.

L'esercito del mago era come un mare argenteo.

Avrei dovuto indietreggiare e correre nella direzione opposta, ma non sentivo nulla. Il cuore sembrava vuoto. Avevo provato tutto ciò che c'era da provare, e ora che la mia missione era quasi conclusa, non mi restava altro che continuare.

«Ancora qualche miglio di cammino e li raggiungeremo» grugnì Ragnar.

«Possiamo aggirarli di nascosto», suggerì Loki.

«E poi cosa?», chiese Ragnar passandosi una mano sulle trecce. «Qual è il piano?».

«Andremo insieme», dissi. «Le streghe hanno detto che non devo separarmi dai miei aiutanti», continuai guardando Loki negli occhi. Lui annuì lentamente. Capiva cosa intendevo dire. Solo lui era stato mandato ad aiutarmi. Ragnar, invece, doveva essere lasciato indietro. Non mi avrebbe ringraziata, ma almeno gli avrei salvato la vita.

L'aria sembrava opaca.

«Cos'è questa strana nebbia?», gracchiò Ragnar.

«È fumo», dissi io, soffocando. «Appartiene a delle pire funerarie».

«Il Re Cadavere trae potere dal sacrificio», disse Loki, e da quel momento calò il silenzio.

Tenni la testa bassa. I miei passi si fecero lenti, come se stessi trascinando gli stivali nel fango.

L'indomani sarei entrata nella tana del Re Cadavere. Tutta sola. Completamente sola.

Non ci sarebbe mai più stata speranza, per me.

La nebbia si alzò tutt'intorno a me, più densa del fumo. Mi muovevo lentamente, come se fossi immersa in acqua.

La nebbia si diradò troppo tardi e rivelò i rovi che minacciavano di strapparmi l'abito. Le spine lunghe quanto le mie dita mi trafissero la gonna, graffiandomi la pelle. Non sentivo nulla, ma quando mi dimenai scoprii di non riuscire a muovermi. Ero in trappola.

«Rosalind». Sentii la voce urgente di Ragnar. «Rosalind, torna da me!».

Mi toccò, e tornai a respirare. Profumava di pulito, un odore che era un sollievo, dopo le pungenti boccate di aria fetida. Il suo palmo mi accarezzò la guancia.

«Piano», lo ammonì Loki.

«Si sta svegliando». Ragnar mi sostenne quando presi a tossire, con la cenere che mi bruciava i polmoni.

Le lunghe dita di Loki mi accarezzarono il viso. «Andiamo al riparo».

«Puoi liberare l'aria da questo fumo puzzolente?», sbottò Ragnar.

«Posso provarci». Per una volta, Loki sembrava cupo, la sua solita allegria era sparita.

Premetti il viso contro la spalla di Ragnar, inalando il suo profumo di cedro secco che penetrò la nebbia intorno ai miei pensieri. «Sto bene».

«Shhh». Loki mi premette tre dita sulla fronte, proprio sul punto in cui mi aveva segnata il Re Cadavere. Dove Ragnar mi aveva baciata, dove sentivo ancora il tocco delle sue labbra. «Chiudi gli occhi e riposa».

FORSE ERA il peso della magia del mago. Forse era il tocco di Loki. Ma, quando chiusi gli occhi, sognai entrambi.

Prima il ricordo del Re cadavere, con gli occhi che bruciavano come pietre di luna. Mi ero persa e mi aggiravo nella foresta, trascinandomi dietro mia sorella. Mi sembrava di vedere una luce davanti a me, attraverso i tronchi neri degli alberi. Pensai che forse fosse un fuoco, una sorta di accampamento. Tuttavia, quando mi avvicinai, mi accorsi che era soltanto una figura ammantata di nebbia. Il guizzo di luce era sparito.

E poi il mago si era voltato e i suoi occhi brucianti erano fissi su di me.

«Aspen, corri», cercai di dire a mia sorella, ma lei scosse la testolina, determinata a restare. Neanch'io avrei voluto che ci separassimo. Eravamo insieme da quando gli abitanti del villaggio ci avevano abbandonate fuori dall'orfanotrofio.

Così la spostai dietro di me come meglio potevo, con la sua mano nella mia.

«Chi sei tu?», chiesi.

«Vicino... Più vicino», disse lui.

Rabbrividii. La sua voce mi intrappolò. Era profonda e sembrava un'eco, come se proveniente dal fondo di un pozzo. Feci un passo e poi un altro, con la manina di mia sorella nella mia. Lei mi seguì, confidando che la tenessi al sicuro.

In qualche modo, costrinsi le mie gambe a fermarsi a pochi metri dallo spettro. Dietro di noi, nella foresta, si sentivano grida e ruggiti, come se ci fosse una battaglia in lontananza. Erano i Berserker che combattevano, e alcuni di loro stavano morendo. Per quanto potenti fossero, non potevano combattere contro la nebbia e la magia. In seguito, venni a conoscenza che alcuni di loro erano impazziti e avevano costretto i loro fratelli ad abbatterli.

Chi ero io per oppormi al Re Cadavere? Non avrei mai avuto la meglio.

«Vieni da me, mia sposa».

«No», risposi, ma era troppo tardi. Mi aveva intrappolata. Allungò la mano, col braccio lungo a sufficienza. Le sue dita ossute mi sfiorarono la fronte.

La sua immagine si dissolse come nebbia, ma ormai non c'era niente da fare. Lontano chilometri, il Re Cadavere aveva mandato la sua immagine a perseguitare il mondo intero, alla ricerca di chi avrebbe eseguito i suoi ordini. E aveva segnato proprio me.

«È nella tua testa, sai», disse Loki.

Mi voltai e la foresta oscura, il Re Cadavere e mia sorella scomparvero.

Nella seconda parte del sogno, era tornato il giorno. Ma la luce era avvolta da nebbia e nuvole. Una nebbia pulita, che sapeva di bacche e non del fetore dei draugr.

Loki sedeva a gambe incrociate, con gli occhi chiusi. I suoi capelli scuri si agitavano dolcemente come se spinti dal vento, ma se c'era un alito non riuscivo a sentirlo. All'orecchio destro gli pendeva una pietra di luna, attaccata a un orecchino d'argento. Aveva gli occhi chiusi, ma quando mi avvicinai ne aprì uno. Quello nero.

«Lo so». Mi toccai la testa. «Lo ucciderei a calci se potessi».

«Potrei cercare di estirparlo dalla tua testa, ma i miei poteri non sono più quelli di una volta».

Sorrisi a quelle parole. Loki e il suo continuo credersi un dio. «Forse li riacquisterai».

«Forse».

La nebbia si stava infittendo, alzando quattro muri bianchi intorno a noi.

«Un incantesimo», Loki rispose alla domanda che non gli avevo posto ad alta voce. «Per tenerci al sicuro».

Un ruggito attraversò la foresta. La nebbia turbinò ma, qualunque mostro si aggirasse appena fuori dalla radura, non riusciva ad attraversare i muri che ci proteggevano.

«Vuole te». Non sapevo se si riferisse a Ragnar o al Re Cadavere. Forse a entrambi.

Toccai il muro di nebbia, solido come roccia.

«Non può accadere», sussurrai al mostro dietro la nebbia.

«Che peccato», urlò Loki. Ora stava usando un bastone per scrivere per terra, con la testa così china da non potergli vedere gli occhi. Avevo la sensazione che fossero entrambi neri.

Mi sistemai sul terreno vicino a Loki. Con la nebbia che gli vorticava intorno ai fianchi, sembrava seduto su un cuscino di nuvole. «Allora sai la verità», dissi.

«Me l'hanno detta le streghe». Aveva la mascella serrata. Sul terreno apparvero delle rune che scintillarono di blu prima di bruciare e sparire. Il fumo si unì al muro di nebbia. «Non posso fermarlo».

«Va tutto bene», dissi e, per la prima volta da quando avevo accettato di intraprendere la missione, era davvero così. Mi sentivo in pace.

CAPITOLO 7

 osalind

QUANDO MI SVEGLIAI, sentii l'aria leggera sul viso. Ero avvolta in un morbido mantello che profumava di Loki e Ragnar, di bacche e cedro. Girai la testa e scoprii che i mantelli erano due, uno sotto di me e uno sopra. Ero sdraiata tra i due tessuti, circondata dal profumo di entrambi i guerrieri, una miscela deliziosa in cui volevo immergermi.

Nelle vicinanze, le voci dei guerrieri si alzavano e si abbassavano fino a ridursi in rilassanti mormorii.

«Deve esserci un modo...», stava mormorando Ragnar.

«Non c'è», Loki sembrava rassegnato proprio come nel mio sogno. «Pensi che non ci avrei provato? Se avessi i miei poteri potrei tentare qualcosa, ma—»

«Oh, sì, perché sei un dio», lo derise Ragnar.

«—ma non posso fare nulla finché non li riacquisto nella loro interezza».

«Allora recuperali», ringhiò Ragnar.

112

«Non è così facile. Devo portare a termine una missione. Devo sacrificarmi per un altro».

Ci fu una pausa. «Ma se muori...».

«Morirò per sempre, sì. Credo che vogliano che affronti le conseguenze. Vogliono che faccia male».

Ragnar ridacchiò. «Benvenuto nella vita reale».

«Non è divertente», mormorò Loki. Era accovacciato a terra vicino a me, intento a tracciare rune nel terreno. La cenere gli macchiava una guancia e i capelli gli pendevano sciolti dal viso. Sembrava meno simile a un dio, più umano.

Ragnar smise di ridere. «No, non lo è».

Mi mossi leggermente, e la testa di Ragnar scattò subito nella mia direzione.

«Rosalind». Si alzò anche lui per accovacciarsi vicino a me e accarezzarmi la guancia con le dita. «Sei sveglia. Hai freddo? Possiamo accendere un fuoco». Mi sistemò il mantello addosso e una forte zaffata di cedro mi avvolse il viso.

«Niente fuoco». Mi sfregai gli occhi. L'aria intorno a noi era limpida, ma a pochi metri di distanza si alzava un muro di nebbia. Ne eravamo circondati, proprio come nel mio sogno. Alzai la mano verso il cielo notturno, limpido tranne che per alcune nuvole che sembravano viticci nebbiosi del Re Cadavere pronti a irrompere nel nostro rifugio.

«È stato Loki», Ragnar rispose alla mia domanda inespressa. «Ha lanciato un incantesimo intorno a noi».

«Siamo al sicuro, per stanotte», disse Loki. «La mia magia si tratterrà fino al mattino. Nessuno può fare irruzione da quelle mura».

«E c'è anche del cibo». Ragnar prese un sacco e vi frugò all'interno.

«Non ho fame», dissi loro. «Desidero restare qui per stanotte e poi ripartire domattina».

Loki si sfregò il viso, spargendo ancora di più la macchia

113

di carbone sulla guancia. «Ragnar spera di poterti dissuadere dal ripartire».

Scossi lentamente la testa. «È una mia scelta. La mia missione». Incontrai lo sguardo di Loki, e capii che era lo stesso Loki del mio sogno. Ciò significava che sapeva come sarebbe andata a finire.

Questa missione sarebbe stata la mia fine. Non potevo sperare di riuscire ad affrontare il Re Cadavere, figuriamoci di vincere. Potevo solo sperare di indebolirlo abbastanza per l'attacco delle streghe.

Tuttavia, avevo ancora questa notte a disposizione. E per la prima volta dopo tanto tempo, volevo di più che una fine rapida. Per la prima volta in vita mia, desideravo un uomo. Due uomini. Questi uomini. Loki e Ragnar.

Avevo ancora una notte da trascorrere con loro. Una notte, l'ultima che avrei passato sulla terra. E li desideravo.

«Se resteremo qui stanotte, accenderò un fuoco», disse Loki.

Alzai la testa. «C'è dell'acqua fresca?».

«Un ruscello qui vicino», rispose Ragnar. Mi aiutò ad alzarmi, con le mani vicine al mio corpo nel caso fossi inciampata. Nonostante ciò, le mie gambe erano ben salde. Avevo un piano e un obiettivo finale.

Quando Ragnar mi seguì fino al ruscello, mi fermai e lo guardai attraverso le ciglia. «Posso andare da sola?».

Mi guardò sospettoso.

«Rimarrò al sicuro», dissi, raccogliendomi i capelli per tirarli su una spalla e pettinarli con le dita. «Te lo prometto».

«Me l'hai già promesso in passato». La sua voce era burbera, ma tinta da una punta di divertimento.

Sorrisi e lasciai ondeggiare i fianchi di proposito mentre mi allontanavo.

«Tienila d'occhio», gli urlò Loki dal suo posto accanto al

fuoco. Ragnar rispose con un brontolio, ma non lo sentii chiaramente perché mi dava le spalle.

Camminai per un po' fino a quando il ruscello curvò e apparve una pozza più profonda. Avrei potuto nascondermi dietro le erbe che la circondavano. Se sbirciavo da dietro una betulla, riuscivo a vedere il busto di Ragnar. Dava ancora le spalle al ruscello per garantirmi una privacy adeguata.

Mi nascosi dietro un ciuffo di erba paludosa e mi chinai per spruzzarmi un po' d'acqua sul viso. Era fresca, una bella sensazione. Raccolsi la gonna dell'abito per immergermi nella pozza. L'acqua fresca sulla pelle rinnovò il mio spirito, così come il mio piano.

Avrei sedotto Ragnar e Loki. E sapevo come farlo.

Mi tolsi gli stivali, gettandoli da parte sull'erba. Poi feci lo stesso con gonna e corpetto, e con tutti gli strati di biancheria intima che mi coprivano. Una volta nuda, mi tuffai nel punto più profondo. Pochi metri più in là, l'acqua si infranse contro un muro di nebbia, molto simile a quello del mio sogno. Davanti a me, un netto confine separava l'aria limpida e il fumo: il punto in cui terminava l'incantesimo di Loki e iniziavano le terre del Re Cadavere. Mi avvicinai e toccai la barriera. Quando la mia mano l'attraversò, la sentii formicolare.

«Rosalind!» Ragnar si tuffò nel ruscello con Loki alle calcagna. «Stavi scappando?». Il guerriero biondo mi allontanò dal confine, studiandomi gli occhi come se si aspettasse fossi in trance, sotto l'incantesimo del Re Cadavere. «Sei con noi?».

«Sì,» dissi. «Sono completamente vigile».

«Scapperesti da noi?», ringhiò Ragnar.

«Ti avevo detto di tenerla d'occhio», disse Loki con un sorriso sghembo in volto. La sua espressione non era più tesa quando studiò il mio corpo nudo. «Come hai potuto fallire in un compito così piacevole?», chiese ironico mentre faceva danzare le sopracciglia. «Cattivona».

Una risata mi sfuggì dalle labbra.

«Pensi che sia divertente?», Ragnar mi sollevò e mi gettò sulle spalle per tornare al nostro accampamento. Aveva steso il mantello sul terreno così da poterci dormire sopra, e mi fece sdraiare proprio lì, assicurandosi che non sbattessi la testa a terra.

Mi rilassai sulla schiena, ancora ridacchiante.

Ragnar mi guardò accigliato. «Hai detto che non saresti fuggita. Lo avevi promesso».

«Ho già fatto delle promesse in passato», risposi, e gli rivolsi un sorriso. Le mie guance sembravano strane. Non capitava spesso che si sollevassero per gioia.

«Eravamo d'accordo che saremmo partiti insieme».

«Ho cambiato idea. Forse dovresti punirmi», lo provocai.

Due fuochi gemelli gli divamparono negli occhi. «Non giocare con me—».

«Fratello», lo interruppe Loki, «forse dovremmo davvero punirla. Credo che meriti un piccolo castigo, no?».

Ragnar non protestò per il *fratello* di Loki. «Forse hai ragione». Mi tirò su e mi portò con sé su una roccia bassa e larga dove si sedette. In una sola mossa, mi sollevò e mi sistemò sulle ginocchia.

«È già nuda», osservò Loki. «Comodo».

«Forse dovremmo tenerla così», rimbombò la voce di Ragnar, così forte da sentirla in tutto il corpo. Fece scivolare la mano callosa sul retro della mia gamba nuda. «Nuda. Legata. Alla nostra mercé».

«Le starebbe bene un po' di rosa in più sul sedere». Loki girò intorno alla roccia, studiandomi da diverse angolazioni.

Io, nel frattempo, mi contorcevo sulle cosce muscolose di Ragnar. Odiavo che parlassero di me come se non ci fossi.

Improvvisamente, Ragnar mi diede uno schiaffo sul didietro. «Stai ferma».

«Ancora», disse Loki, Ragnar lo obbedì, sculacciandomi la natica destra finché la carne non bruciò.

«Molto bene».

Avevo già pronto un commento tagliente, ma quando aprii la bocca, Loki si accovacciò davanti a me e mi infilò due dita tra le labbra.

«Zitta», disse con quel suo modo autoritario da dio onnipotente. «Al momento non ci serve a nulla».

Lo fulminai con lo sguardo.

«Penso che le piaccia avere la bocca piena», disse Loki a Ragnar.

Imprecai e le dita di Loki fecero pressione sulla lingua. In risposta, sentii del liquido bagnarmi le cosce.

Loki inclinò la testa di lato e annusò l'aria. «Che dolce profumino».

«La sua passerina ha bisogno di un po' di attenzioni». Ragnar mi fece scivolare la mano sul sedere... poi più in basso, finché le sue dita non mi sfiorarono le labbra sensibili. «Ma non lo merita. Non ancora».

«Meglio farglielo guadagnare», concordò Loki.

Ragnar tolse la mano dalla mia intimità vogliosa e mi strinse le natiche, riscaldandole.

«Potrei trovare dello zenzero selvatico e farne un plug per riscaldarla un po' di più», pensò Loki, divertito. «Brucerebbe dentro e fuori».

«La prossima volta», grugnì Ragnar. La sua asta dura mi premeva contro il ventre. «Facciamo diventare rosse queste belle natiche».

Mi sculacciò abbastanza forte da farmi sbandare in avanti, così da prendere in bocca metà delle dita di Loki.

«Piano». Loki estrasse le dita e mi sostenne per le spalle.

La mano di Ragnar, intanto, si alzò e si abbassò con un

ritmo costante. Il palmo catturò l'intera ampiezza delle mie natiche, ricoperte dei segni delle sue dita.

Loki si chinò per sfiorarmi il viso con le labbra. «Pretendo un altro bacio», disse.

Spostai la testa. Conoscevo i suoi baci, la loro pericolosità.

«L'arma più pericolosa», concordò Loki, come se avessi parlato ad alta voce. Le sue lunghe dita mi accarezzarono il viso. Il palmo della mano di Ragnar mi toccò la parte inferiore del sedere, facendomi sussultare. Quando schiusi le labbra, Loki inclinò la testa e avvicinò la bocca alla mia. Il tocco delle sue labbra mi portò a un nuovo livello di eccitazione. Il calore mi avvolse, il dolore al sedere si alleviò mentre Loki si cibava delle mie labbra. La sua lingua si insinuò nella mia bocca, accarezzando ogni punto come se cercasse la fonte della mia dolcezza.

Si staccò e sollevò una piccola borraccia di legno. Bevve, senza mai staccarmi gli occhi di dosso. Poi si avvicinò e mi diede da bere dalla sua bocca. Era idromele, scoprii, e il liquido mi riscaldò le viscere.

Ragnar, intanto, aveva smesso di sculacciarmi e aveva appoggiato la mano sul mio sedere bruciante.

«Come va la punizione?», chiese Loki. «Ti è venuta sete?».

Ragnar grugnì in risposta.

Loki sollevò la borraccia. «Ho l'idromele ma nessuna coppa», disse. «Però ho trovato un recipiente migliore. Vuoi che te lo mostri?».

Ragnar mi sollevò per farmi sedere in grembo. Le sue manone mi scivolarono sul davanti per accarezzarmi i seni e sistemarmi contro il suo petto nudo. Il suo membro riposava nella fessura tra le mie natiche accaldate.

Con un luccichio diabolico nell'occhio verde, Loki mi versò l'idromele in bocca. Dopo aver tirato via la borraccia, inclinò la testa per posare le labbra sulle mie e leccare la dolce bevanda al miele dall'interno della mia bocca.

La mia lingua, intanto, lottò con la sua per sentirne il sapore. Quando ci staccammo ero ansante, ma Loki rideva.

«Prova», disse a Ragnar.

Ragnar mi inclinò la testa all'indietro e Loki mi versò dell'altro idromele in bocca. Prima che potessi mandarlo giù, Ragnar mi strinse i capelli in un pugno, mi chinò la testa e sigillò le labbra sulle mie. La sua lingua mi si spinse in bocca. Inarcai la schiena per effetto del bacio, lasciando sfuggire qualche flebile gemito. Avevo bisogno di altro, di più. Quando si tirò indietro, mi sentii vuota. Tuttavia, la mia passera sembrava vibrare di un bisogno doloroso.

«Dolce». La voce di Ragnar sembrò più roca.

Se non l'avesse tenuta ferma, avrei lasciato cadere la testa.

«Ancora».

Loki mi riempì la bocca e ne assaggiò un po', leccandomi con perizia le labbra. Un po' di idromele mi colò sul mento. Ragnar mi girò la testa da una parte e dall'altra, catturando ogni perlina ambrata con delicati baci.

«Rosalind», ringhiò contro la mia pelle. Aveva la barba bagnata.

Mi girò la testa e Loki mi tenne ferma.

«Sei già ubriaca, piccola piantagrane?».

Aprii la bocca e lui lasciò colare un altro po' di idromele, ma la maggior parte mi colò lungo il mento formando un fiume tra i seni.

Loki si lasciò sfuggire una risatina affannata. Si inginocchiò davanti a noi e mi leccò il ventre. Allungai la mano verso la sua testa scura, ma mi afferrò i polsi. Con la lingua mi sondò l'ombelico, per poi mordere delicatamente la pelle.

Trascinò la bocca più in basso, seguendo la scia di idromele che mi era finita tra le gambe.

Lì, sfiorò la pelle sensibile del mio sesso, trovando la

119

superficie liscia e umida. La sondò con le dita, allargandomi le labbra.

«Ho trovato una coppa. Una coppa a forma di Rosalind», disse con un certo entusiasmo.

Ragnar non derise le sciocchezze di Loki come faceva di solito. Il grande guerriero era troppo impegnato a modellare il palmo calloso sul mio seno, ad accarezzarmi la pelle appiccicosa finché i fianchi non mi si sollevarono, inebriati dal desiderio.

«Una bella coppa rosa», aggiunse Loki prima di darmi un colpetto sulla passera, «Dovrei usarla per bere?». Col pollice trovò un dolce punto dolente e lo strofinò delicatamente. A quel contatto, un fremito percorse il mio ventre teso.

«Stendila», disse Ragnar.

Sia lui che Loki appoggiarono il mio corpo floscio sul mantello. Loki rimase tra le mie gambe a strofinare le dita agili sull'apice rasato delle mie pieghe. Ragnar, invece, appoggiò il mio busto sul suo grembo per continuare a giocare con i miei seni. Il mio corpo era disteso tra i due guerrieri alla luce del fuoco. Avevo la pelle appiccicosa di liquido e baci.

Poi Loki si sdraiò, e mi baciò la figa. Alzò la borraccia di idromele e lasciò che il liquido mi si riversasse lentamente dalla vita in giù. La sua testa corvina si appoggiò alla mia gamba, mentre la bocca si era avvicinata alla mia intimità dolente di desiderio. Lambì i fiumi di idromele facendo scorrere la lingua su e giù.

Arricciai le dita dei piedi e il mio corpo si sollevò, ormai sull'orlo di un orgasmo.

«No». Loki ritrasse la bocca e diede un leggero schiaffo alla pelle umida tra le mie cosce. Un *twack* risuonò nella radura.

Sussultai. «Oh, per favore».

«Non si viene senza permesso». Ragnar mi strinse forte il seno. Feci ruotare i fianchi, mugolando.

«Fallo ancora». Loki poggiò di nuovo la bocca sulla mia passera. «Reagisce così bene al dolore». La sua lingua percorse le mie pieghe, poi si leccò le labbra. «Crema e idromele».

Ragnar grugnì e allungo una mano per passarmi le dita sulla figa e raccogliere quel miscuglio umido che la tingeva. Poi, si succhiò le dita. «Bene», commentò prima di provare a prenderne dell'altro.

«Aspetta», disse Loki con un altro schiaffo sulla passera. «Adesso».

Ragnar mi strofinò forte tra le cosce.

«Bella e rosa». Loki si sdraiò sulla pancia per studiare il mio sesso con gli occhi socchiusi.

«Deliziosa». Ragnar mi mise le dita davanti alla bocca. Sentii il mio sapore mescolato all'idromele. «Girala», disse poi.

Mi sistemarono su mani e ginocchia. In qualche modo, riuscii a rimanere dritta.

«È il momento che riceva il suo premio». Ragnar si era liberato l'uccello dai pantaloni. Era lungo e dritto, e sporgeva da una macchia di peli biondi come se mi stesse cercando. «Qui, ora». Mi cinse la guancia per sostenermi la testa mentre mi parava il membro davanti alla bocca. «Piano, adesso».

Il suo profumo di cedro mi avvolse intanto che mi riempiva la bocca. Diedi una leccata timida alla sua carne calda.

«Sì, proprio così». Si spinse ancora di più nella bocca. Il mio corpo si irrigidì per la sorpresa e quasi soffocai, Ma lui si ritrasse così che solo la sua corona si riposasse tra le mie labbra. «Ancora. Puoi prendermi, ti insegnerò io». Ai lati del mio viso, le sue mani erano forti ma al contempo delicate.

121

Rimasi con la testa poggiata alla sua coscia muscolosa, ansante, e lui mi lasciò riposare.

Quando fui pronta, arricciai la lingua intorno alla sua corona.

I suoi occhi blu vennero illuminati da scintille dorate. «Brava ragazza». Una scossa mi attraversò. Gli permisi di spingere il membro più in profondità. Volevo, avevo bisogno di sentirlo elogiarmi di nuovo.

Dietro di me, al suo posto, Loki era impegnato. Sentii del liquido colarmi sulla schiena per poi scorrere sul sedere. Non potevo girarmi, ma non era necessario. Mi stava ancora ungendo con l'idromele. La borraccia sembrava non avere fondo.

Il liquido mi bagnò tutto il fondoschiena accaldato. Loki leccò la carne che era stata punita, con ogni colpo della lingua che mi tranquillizzava e mi rinfrescava.

Mi separò le natiche e versò dell'idromele direttamente sul buco. Infilò il viso tra le natiche, graffiandomi con la barba quando leccò la giuntura sensibile e spinse la lingua contro la carne rugosa. Sobbalzai, ma Ragnar mi tenne ferma la testa. Potevo solo tendermi, lì, a quattro zampe, con la lingua di Loki che mi stimolava. Un piacere oscuro mi montò dentro.

«È così dolce», mormorò Loki. Allontanò il viso e afferrò ciascuna natica per stringerle insieme e farle rimbalzare.

Gemetti intorno al membro di Ragnar che ancora mi riempiva la bocca.

«Tienila ferma», gli disse Loki, e Ragnar strinse il pugno intorno ai miei capelli.

Un dito mi pungolò il buco e strillai, spostandomi in avanti. Il movimento spinse il cazzo di Ragnar più in profondità, e il guerriero emise un gemito roco così forte da risuonare nella notte.

«Caldo e stretto», commentò Loki con tono soddisfatto.

Il suo dito ormai si contorceva nelle profondità del mio sedere.

Cercai di protestare, ma uscì come un mormorio ovattato dalle labbra strette intorno al membro di Ragnar.

«Per le palle di Thor», ringhiò al cielo Ragnar.

«Non le sue», lo corresse Loki.

Ragnar mi tenne la testa ferma per spingerlo più in profondità, ringhiando: «Così, prendilo tutto».

Feci del mio meglio, respirando dal naso mentre l'addome muscoloso di Ragnar si avvicinava sempre di più. Il suo uccello mi invase la gola. Rimasi immobile per un attimo, poi il mio corpo ebbe un sussulto, ansioso di tornare a respirare. Ragnar si ritrasse, permettendomi così di tossire e prendere fiato. Dopodiché, il suo membro mi toccò la guancia, e girai la testa per prenderlo di nuovo in bocca.

«Brava», mi elogiò il biondo.

Ora, però, qualcosa mi sfiorava la passera, qualcosa di grande, duro e caldo. Abbassai i fianchi per ottenere maggior attrito. «No, no, tieni alto il sedere». L'uccello di Loki si allontanò e l'uomo mi schiaffeggiò il sedere con la mano libera, continuando a stimolarmi con l'altra.

«Rosalind». Ragnar mi cullò il mento per sollevarmi il viso, nonostante avessi la bocca tesa intorno al suo uccello. «Guardami, ragazza».

Mi scostò i capelli dal viso, un gesto curiosamente tenero da parte del guerriero che mi stava soffocando con la sua verga solo un attimo prima.

«Tu non scapperai da me, non mi lascerai. Siamo fatti l'uno per l'altra».

Sbattei le palpebre.

«Dillo». Si chinò in avanti e mi colpì il sedere con la mano.

Poi, si tirò indietro in modo che il suo uccello si liberasse con uno schiocco dalle mie labbra schiuse. Con la mano mi afferrò di nuovo il mento e mi sollevò la testa così da incontrare i suoi occhi dorati e brillanti.

«Non mi lascerai», ringhiò, e riuscii a percepire il mostro che si nascondeva sotto le sue parole. «Tu mi appartieni, Rosalind. Sei mia. Non permetterò mai che ti venga fatto del male».

Aprii la bocca, ma ne uscì solo un rantolo.

Dietro, Loki mi tirò i fianchi fin quando la mia figa non fu appoggiata contro il suo viso. E allora presi a strofinarmi su di lui.

La lingua colpì quel punto perfetto e roteai gli occhi quando una vampata di piacere mi percorse.

Ragnar aspettò di riuscire a tenermi ferma la testa, poi si spinse nella mia bocca. Una volta, due, e ancora mi riempì la bocca. Lo sperma mi schizzò in gola e lo bevvi fino all'ultima goccia, anche quando mi colò sul mento, una scia che raccolse prontamente col pollice per poi infilarmelo in bocca.

«Ben fatto». Mi accarezzò la guancia. «Hai bisogno di un po' di riposo?».

Scossi la testa. «Ancora».

Avevo una sola notte a disposizione. Avrei lasciato che i due Berserker facessero di me ciò che volevano, e avrei accettato tutto ciò che mi avrebbero dato.

Ragnar

Il corpo nudo di Rosalind brillava alla luce del fuoco. Come sempre, ogni volta che la guardavo mi mancava il fiato, come se avessi avuto davanti agli occhi una meraviglia mai vista prima.

Era una dea in forma umana, coi capelli una cascata color miele, la pelle fatta di luce lunare e idromele.

Mi pentivo di ciò che avevo fatto. Non avrei mai potuto avere una compagna. Rosalind, però, era mia, tanto quanto io ero suo.

Quanto a Loki, beh, l'avrei ucciso se avessi potuto. Stasera, tuttavia, si era dimostrato utile quando aveva eretto una barriera tra noi tre e il resto del mondo.

Come se fosse riuscito a origliare i miei pensieri, alzò la testa e mi fece l'occhiolino. Lo fulminai con lo sguardo.

«Adesso tocca a me con la sua bocca», disse strattonandola dolcemente. «Eccoti qui, dolcezza», le sussurrò, prendendole il viso per guidarle la bocca verso il membro.

Il domani apparteneva al destino, alla ricerca e alla lotta per le nostre vite. Quella sera, però, apparteneva a noi.

La testa lucente di Rosalind prese a muoversi davanti a Loki dopo che si accovacciò tra noi, lasciandomi piena visuale del suo sedere. Le natiche rotonde e le cosce erano striate di rosso, la prova della punizione che le avevo inflitto. Le strofinai la pelle, ammirando la mia opera. Allungai la mano sul sedere, poggiandogliela sulla schiena per spingerla verso il basso. In questo modo, il suo sedere si sollevò ancora di più. Il solco tra le natiche si aprì come una pesca matura che gocciola nettare. Mi venne l'acquolina in bocca e le zanne si allungarono, affilandosi come rasoi.

Rosalind si staccò dall'uccello di Loki e mi guardò, incuriosita.

«Non badare a lui», le disse Loki battendole l'asta umida sulla guancia finché non lo prese di nuovo in bocca.

Mi chinai a leccarle il sesso fradicio, a passare la lingua tra le pieghe, fino al piccolo buco posteriore che sembrava quasi ammiccare. Sapeva di terra e dolcezza. Ringhiai contro la sua passera e la sentii rabbrividire.

Il mio uccello si tese verso di lei. Non potevo più aspettare.

Le afferrai i fianchi, appoggiai il membro contro l'ingresso e la penetrai in un colpo solo. Un colpo forte che la spinse ancora di più sull'asta di Loki. Lo sentii gemere, col corpo magro teso come la corda di un arco. Aprì la bocca in un ringhio, mostrando per un attimo zanne bianche come l'osso. Le nostre bestie stavano affiorando in superficie, pronte a marchiare la nostra compagna. Forse, dopotutto, anche lui era un Berserker.

Il mio uccello, intanto, pulsava nella dolce passera di Rosalind. Il suo corpo mi strinse finché il piacere non mi offuscò la vista. Ecco che effetto mi faceva questa donna. Un solo colpo, e il mio uccello minacciava già di esplodere come quello di un ragazzino.

Dall'altra parte del corpo slanciato di Rosalind, Loki alzò il mento in segno di sfida. Allora digrignai i denti e scivolai quasi completamente fuori dal sesso perfetto di Rosalind. Loki spinse i fianchi in avanti, e lei oscillò all'indietro. La sua figa avvolse ancora una volta la mia asta. Il ringhio che lanciai risuonò nella radura.

Il viso allungato di Loki era nascosto dall'ombra per metà, ma quando sorrise la luce della luna gli scintillò sulla guancia. «Di nuovo».

Dondolammo entrambi a ritmi opposti, muovendo tra noi il corpo di Rosalind, diventata ormai un mezzo dorato e snello per il nostro piacere. Quando accelerammo le spinte, la vedemmo tremare. Si lanciò nell'estasi, che si trasformò rapidamente in puro piacere. La sua figa mi stringeva l'uccello come per attirarmi più a fondo. Se avessi voluto, saremmo rimasti per sempre uniti così.

Mi si irrigidì l'addome e mi accoccolai su di lei, tirandola verso di me finché la nostra pelle sudata non si fuse insieme. Sentii la tensione accumularsi nella parte bassa della schiena mentre, dall'altra parte, Loki grugniva il suo piacere alle stelle. Mi spinsi un'ultima volta e mi abbandonai al mio orgasmo. Il piacere sbocciò alla base della mia spina dorsale, irradiandosi verso l'esterno in viticci di ardente gioia.

Tra noi, Rosalind si rilassò. Loki le prese le spalle per sostenerla, mormorandole sciocchezze per tranquillizzarla. Io strinsi i denti e mi staccai dall'abbraccio caldo del suo corpo. Rosalind, intanto, si era accasciata sul terreno.

Dopo un po', io e Loki la stendemmo tra noi e la lavammo con acqua fresca.

Si mosse appena.

«Farò io il primo turno di guardia», disse Loki. Strinse la caviglia sottile di Rosalind prima di alzarsi e lasciarmi con lei tra le braccia. Il suo profumo di miele mi circondò quando mi strinsi intorno a lei.

Mi tenni occupato a toglierle i capelli dorati dal viso. Poi, la sua guancia si sollevò e gli occhi si aprirono. «Quando ti ho incontrato per la prima volta, ho pensato fossi un bruto». Avvicinò una mano alla mia guancia e trovò le mie labbra sorridenti nascoste dietro la barba.

«Lo sono», risposi avvicinandola di più a me. «Ricorda, sono un mostro».

«Il mio mostro», mormorò lei, rannicchiandosi contro di me con la guancia appoggiata sul mio petto e il corpo rilassato. Trovò pace tra le mie braccia, fidandosi completamente.

Chiusi gli occhi per assaporare questo magico momento più a fondo. «Quando ti ho incontrata per la prima volta, avevi addosso l'odore del Re Cadavere».

La sentii trasalire, così le posai una mano sulla testa per tranquillizzarla. «Va tutto bene, Rosalind. Sai quale odore porti addosso in questo momento?».

«No», rispose con voce flebilissima.

Abbassai la testa vicino al suo orecchio. «Il mio. Hai il mio odore addosso e intendo farcelo rimanere».

Lei sospirò, e la tensione che le stringeva le spalle sparì. «E Loki?».

Mi irrigidii. «Hai anche il suo odore. Io cerco di non pensarci».

Sentii la sua risata contro il mio petto. Il suo corpo si rilassò ulteriormente e si addormentò, tra un respiro e l'altro.

CAPITOLO 8

 _agnar_

NON VOLEVO DORMIRE. Volevo rimanere sveglio per fare tesoro di questo momento, ma sia io che Rosalind avevamo bisogno di riposo. Al mattino mi sarei alzato e avrei portato avanti la missione accanto a lei. Quella notte, però, potevo solo stringerla e pregare non fosse l'ultima volta.

Le mie speranze che Rosalind non facesse incubi si infransero quando si svegliò con la bocca aperta in un urlo silenzioso. Corsi a prenderla tra le mie braccia, chiamando il suo nome mentre il suo corpo si agitava contro il mio.

«Rosalind». La strinsi forte, tenendola ferma. «Va tutto bene. Sei al sicuro».

Si svegliò con un sussulto. Per un secondo, i suoi occhi brillarono dello stesso colore della pietra di luna. Poi la luce svanì, lasciando solo il suo volto spaventato.

«Ho sognato che il Re Cadavere vinceva. Siamo morti

tutti». Si rannicchiò contro di me, premendo la fronte sul mio petto.

«Era solo un sogno. Non accadrà». Mi guardai intorno e alla fine urlai a Loki: «Diglielo!».

«Ha ragione lui», rispose Loki accovacciandosi accanto a noi, stringendole la caviglia con una mano. «C'è ancora speranza, Rosalind».

Finalmente si alzò a sedere, asciugandosi il viso. «Ho bisogno di lavarmi». Si diresse barcollando alla cieca verso il suo abito. La notte prima, Loki l'aveva ripulito alla buona e lo aveva appeso a un arbusto.

Distolsi lo sguardo per lasciarle un po' di privacy. Quando tornò dal fiume, le porsi una pietra piatta e pulita che avevo trovato così che potesse usarla come piatto per il pesce che avevo cucinato.

«Non ho fame». Provò a rifiutare il pasto, ma io e Loki insistemmo.

Dopo qualche boccone stentato, fissò il fuoco. Aveva il viso pallido e smorto, gli occhi tormentati come se fosse ancora in preda al sogno.

Le toccai il polso. «Non ti lascerò morire».

Lei e Loki si scambiarono uno sguardo. Combattei l'impulso di interrompere quel loro momento. «È inutile», disse Rosalind posando il piatto. «Non puoi tenermi in vita».

«Invece sì. Lo farò», promisi.

Rosalind si alzò scuotendosi l'abito. «È inutile», ripeté con tono pratico e deciso. «La missione finirà con la mia morte. Lo hanno predetto le streghe».

«È vero», disse Loki.

«No», gli ringhiai. Ci alzammo entrambi in piedi nello stesso momento e, se la faccenda non fosse stata così delicata, se Rosalind non fosse stata così sconvolta, mi sarei scagliato contro di lui per metterlo al tappeto. Non mi piaceva quello che stava sostenendo. Perché stava prendendo le sue parti? «Come puoi dire una cosa del genere? Ti stai arrendendo?».

«È il destino», sussurrò Rosalind.

«Siamo noi a forgiare il nostro destino».

«Come tu forgi il tuo?», ribatté Loki.

Gli mostrai i denti. «Quello è diverso». Lo fulminai con lo sguardo, desiderando non dicesse altro.

Rosalind mi cinse il viso con entrambe le mani e mi costrinse a distogliere lo sguardo da Loki.

«Vai a casa, Ragnar. Trova una compagna e vivi felice con lei. È il motivo per cui ho intrapreso questa missione. Non per me, ma per mia sorella e le altre profetesse. Così che possano vivere felici e libere dalla minaccia del Re Cadavere». Quella mattina sembrava ancora più piccola e fragile. La notte prima si era trasformata in una dea, ma quella mattina era una giovane donna spaventata.

«Non ti abbandonerò», le dissi.

«Vai a casa, Ragnar», mi urlò Loki dall'altra parte della radura. Aveva trascorso la mattinata a cancellare dal terreno tutte le rune, tranne alcune che aveva posizionato strategicamente. Ora stava col piede appoggiato su una pietra, intento ad affilare i suoi numerosi coltelli. «Gli Alpha ti hanno mandato a inseguire Rosalind e a riportarla indietro. Se non lo farai, allora non avrà più senso che tu rimanga qui». Poi, abbassò la voce. «Sai che non può essere la tua compagna».

«Lo so», sbottai io. Cercai un legame del branco per poterglielo dire in silenzio: *stai zitto.*

Tuttavia, lui non recepì il mio messaggio segreto. «Era un buon accordo, quello offerto dagli Alpha», continuò. «Trovi la fuggiasca e diventerà la tua compagna».

«Cosa?», chiese Rosalind con un sussulto e un'espressione tradita in viso.

～

131

Rosalind

RAGNAR ERA TORVO IN VOLTO, il corpo gli fremeva come se stesse raccogliendo ogni briciolo di pazienza per non correre dall'altra parte della radura e scagliarsi contro Loki.

«Non te l'ha detto, Rosalind?», continuò Loki, come se ignaro del guerriero che lo stava uccidendo con lo sguardo. «La missione consisteva nel trovarti, e chiunque ti avesse trovata sarebbe stato ricompensato. La ricompensa eri tu».

«Non importa», ringhiò Ragnar.

«Come puoi dire una cosa del genere?», sbottai. Non mi sorprendeva il fatto che sarei stata vista come un trofeo. Beh, c'era da aspettarselo. Quello che mi sorprese era che Ragnar non me lo avesse detto. «A me importa—».

«Non avrei accettato il premio», disse Ragnar.

«Il premio?», chiesi, puntellandomi le mani sui fianchi.

«Non *ti* avrei accettata», si corresse Ragnar, passandosi una mano sul viso. «Il premio. Non ti avrei accettata come compagna».

Questo era peggio di un tradimento. Ragnar non avrebbe potuto ferirmi di più nemmeno se mi avesse dato una coltellata. Mi irrigidii, rendendo fredda la mia espressione. «Non mi vuoi come compagna».

«Non è quello che ha detto», mormorò Loki. «Guardalo».

Ragnar ci dava quasi le spalle, con i pugni stretti. I muscoli gli fremevano in una tensione silenziosa. Le spalle erano inarcate, quasi fino alle orecchie.

«Ti vuole, Rosalind», spiegò Loki. «È questo il problema. Ti vuole troppo».

«Non parlare per me», ringhiò Ragnar, e io trasalii. La sua voce possedeva quel tono gutturale tipico della bestia.

Loki sollevò entrambe le mani. «Non era una minaccia, fratello».

Il ruggito di Ragnar scosse l'intera radura. «Fai silenzio!».
«Ragnar», sussurrai. «Per favore».

Un altro ruggito e si avviò verso il confine della radura, fermandosi poco prima del muro di nebbia.

Dopo uno sguardo torvo a Loki, lo seguii.

«Non avvicinarti», mi ringhiò Ragnar senza voltarsi. Lungo le braccia gli stava crescendo del pelo nero.

Tuttavia, non prestai attenzione al suo avvertimento. Aspettai alle sue spalle, tanto vicina da poterlo toccare. Alla fine, la pelliccia scomparve. Quando parlò di nuovo, la sua voce era tornata normale.

«Una volta avevo un fratello guerriero. Un uomo migliore di me. Poi la bestia...», si ammutolì.

Gli presi il braccio per accarezzare la pelle dove solo un attimo prima era spuntata la pelliccia. «Mi dispiace». Aveva perso il suo fratello guerriero. Per un Berserker, equivaleva a perdere una parte della propria anima.

Una volta avevo cercato di provocarlo chiedendogli perché non avesse un fratello guerriero. Ero stata una sciocca insensibile.

«Non ho potuto salvarlo. Nessuno ha potuto». Ragnar fissò gli alberi, come per osservare un ricordo lontano. «Non sono riuscito a riportarlo indietro dall'orlo del baratro. Alla fine, l'unico modo per fermarlo era staccargli la testa dal corpo. Così l'ho fatto».

Toccargli il braccio, ormai, non era più sufficiente. Avevamo dormito insieme, e ora aveva bisogno di me. Mi parai davanti a lui e gli passai le braccia intorno alla vita. Dopo un attimo di esitazione, però, mi strinse a sé. Allora mi appoggiai a lui, con la guancia contro il suo petto. «Come sei sopravvissuto?». I legami che si formavano tra guerrieri li tenevano lontani dalla follia. Se uno di loro cedeva... l'altro l'avrebbe seguito presto.

La mano di Ragnar mi si poggiò sulla testa, cullandola.

«Pensavo che non sarebbe passato molto tempo prima che la bestia mi consumasse. Sapevo che gli Alpha mi avrebbero abbattuto senza esitare. E accoglievo quell'ipotesi con favore. Ero nell'oscurità...», mi tirò dolcemente i capelli in modo che ritraessi la testa e sollevassi il viso verso il suo. «E poi ti ho vista».

Scossi la testa.

«Non potevo salvarmi, ma potevo provare a salvare te».

«L'altra notte hai detto che ti appartengo».

«Non avrei dovuto».

«Quindi non mi vuoi».

«Sai che ti voglio», disse premendo la fronte contro la mia. Il suo ringhio mi rimbombò nel petto, sotto i palmi. «Sei l'unica cosa al mondo che voglio. E non posso averti».

«Ragnar», dissi con voce tremante, «dovresti scegliere un'altra—».

«No. Non c'è nessuna all'infuori di te».

«Ma...», risposi piangendo, «non posso...». Non potevo stare con lui. «Devo...».

«Lo so. Tu hai la tua missione, io ho la mia». Mi asciugò le lacrime coi pollici. «Io sono un'arma. Andrò dove causerò il maggior numero di danni prima di trovare la morte».

Avrei voluto allontanarmi da lui, ma non mi lasciò andare. «No», dissi dimenandomi, con le mani che si aggrapparono a lui anche se volevo solo tenerlo stretto.

«Shhh». Mi tirò di nuovo a sé. «Non sai com'è, alla fine. La follia prende il sopravvento, diventi una bestia. Non si torna più indietro. Quando sarà il momento, Loki mi finirà».

Mi voltai per fulminare Loki con lo sguardo, e lo trovai vicino ai nostri gomiti. «Ne eri al corrente», lo accusai.

Loki scrollò le spalle. «Sapevo anche quello che le streghe avevano predetto a te. Siete entrambi così determinati ad andare incontro alla morte che sembra io sia l'unico a voler sopravvivere».

Ragnar ringhiò e ci voltò, in modo da avere un po' di privacy.

Presi il collo di Ragnar e avvicinai la sua testa alla mia. «Potrei farlo, se sapessi che tu andrai avanti. Voglio che tu sopravviva, che viva una bella vita. Ecco perché lo sto facendo: per mia sorella, per le profetesse, e...», il mio sussurro inciampò su un singhiozzo, «per te».

«Lo so, ragazza. Ma non dev'essere così. Questa missione, questo nemico... li affronteremo insieme». Mi accarezzò il collo col naso, poi le sue labbra trovarono il mio orecchio. «Promettimelo». La barba bionda che mi solleticava e il suo sussurro mi fecero correre un brivido lungo la schiena.

Lo strinsi più forte. «Te lo prometto».

«Capisco quando mi menti», ringhiò Ragnar. Mi prese il mento, costringendomi a guardarlo negli occhi. La luce dorata nel suo sguardo mi incantò.

Mi morsi il labbro perché non potevo promettergli di non lasciarlo indietro. Appena avrei potuto, sarei scappata, e avrei sperato che potesse sopravvivere.

«Venite», disse Loki, «non abbiamo molto tempo. Dobbiamo andarcene». Come al solito, era vestito tutto di nero, anche se aveva lasciato mantello e sacche nella radura. Aveva in mano un bastone con delle rune incise sopra come arma e indossava intorno al petto un'ampia cintura nera di cuoio con una dozzina di pugnali di varie dimensioni.

«Sono pronto», grugnì Ragnar. Si allontanò da me e impugnò le asce, stringendone una per mano. Le unghie gli si erano ispessite fino a diventare artigli. Gli occhi brillavano dell'oro della bestia. Presto si sarebbe trasformato in un mostro. E, secondo quanto mi aveva detto, non sarebbe mai più tornato indietro. Avrebbe incontrato la sua fine. «Rosalind». Fece un cenno e mi misi tra loro.

Avevo le mani libere. Non possedevo armi, oltre al pugnale ancora legato al collo dal cordino di cuoio. Potevo solo sperare che i servi del Re Cadavere non fossero attratti dalla pietra di luna.

Sotto il suo peso, il mio cuore batteva molto, troppo forte.

Ci mettemmo in marcia, Ragnar alle mie spalle e Loki in avanscoperta. A ogni passo, i miei stessi pensieri mi prendevano in giro. Chi ero io per anche solo pensare di poter portare a termine questa missione?

«Da questa parte», ci disse Loki con un cenno, e io affrettai il passo, faticando a scalare una collina rocciosa.

Era troppo tardi per tornare indietro, ma non avrebbe comunque funzionato. Non potevo continuare sapendo che avrei perso Ragnar. Quanto a Loki... Mi aveva detto che, se fosse morto in questa vita, sarebbe morto per sempre. Non sapevo bene cosa volesse dire, ma non volevo che morisse.

«Aspettate», dissi, ma un ruggito squarciò il petto di Ragnar e mi fece trasalire.

Quando aggirammo un mucchio di massi, il fetore dei draugr mi investì. L'odore si mescolò con quello speziato della magia del Re Cadavere. Davanti a noi c'era un ampio mare grigio e puzzolente, decine di migliaia di soldati non morti. Proprio come nel mio sogno.

«Sono così tanti». Le parole si trasformarono in polvere nella mia bocca arida. Ogni pochi metri, delle fiamme blu tremolavano sopra le teste dei soldati. La magia del mago li teneva in riga.

«Dietro di loro, lo vedete? Nella nebbia», disse Loki indicando l'esercito. Oltre le schiere di draugr, una pesante nuvola grigia copriva la terra. Uno spesso muro di nebbia, simile a quello che Loki aveva issato intorno a noi la notte prima. Solo che questo incantesimo sembrava cento volte più potente. «Ha nascosto la sua fortezza. È quella la nostra meta».

«Andiamo», ci esortò Ragnar issando l'ascia.

«Sciocco», Loki fece suonare l'insulto quasi affettuoso. «Pensi di poterli sconfiggere tutti?».

«Posso provarci». Gli occhi di Ragnar brillarono come torce.

«Se ti fiondi in mezzo a loro, quanto sopravviverà Rosalind?», disse Loki.

«Devo entrarci con le mie forze», ripetei io, ricordando le parole delle streghe.

«C'è un modo per aggirarli», mormorò Loki. Indicò a sud, dove una linea d'argento scintillava sotto il primo sole. «Lungo il fiume. I draugr non amano guadare».

«Quanto ci vorrà?», chiesi con voce roca. Avevo la bocca piena di cenere.

«Arriveremo al tramonto».

«Partiamo, allora», dissi prima che Ragnar potesse protestare.

Così, a testa bassa, presi a marciare dietro Loki. La mia schiena si inarcava e diventava più difficile respirare man mano che ci addentravamo nella nuvola di potere del Re Cadavere. Ci muovemmo strisciando, nascondendoci meglio che potevamo. I servi del Re Cadavere avevano tagliato ogni albero e spogliato la terra. Dovevano averne bruciata molta, perché l'aria sapeva di fumo. Di tanto in tanto, ci imbattevamo in macchie di terra bruciata dove non cresceva nulla e non si sentiva il canto nemmeno di un solo uccellino. Il Re Cadavere aveva trasformato quel posto in un inferno sterile.

Persino il fiume, quando lo raggiungemmo, era torbido e fangoso. Non osammo bere la sua acqua.

«Questo è il destino del mondo», mormorò Loki, quasi tra sé e sé. «Se non fermiamo il Re Cadavere—»

«Shhh», sbottai. «Non pronunciare il suo nome. Persino le pietre potrebbero sentirci».

«Pensi che un po' di silenzio cambierà il nostro destino?».

«Io voglio fare del mio meglio», risposi, alzando lo

sguardo verso la colonna di fitta nebbia che incombeva sempre più vicino. «È tutto ciò che posso fare. Se vuoi, Loki, tu puoi fuggire».

«Penso che resterò».

«Anche sapendo che potresti morire?». Sollevai la gonna per non farla sporcare con la terra carbonizzata.

Loki si mise al mio fianco. Stava giocherellando con un piccolo pugnale, lanciandolo in aria per poi riprenderlo senza tagliarsi. «Non sono mai morto, prima d'ora. Potrebbe essere interessante».

«È un gioco per te?».

«No», rispose prendendo il pugnale per poi usare la punta per grattarsi il sopracciglio. «Questa è l'unica volta in cui la posta in gioco è troppo alta. Farò del mio meglio per aiutarti, Rosalind. Ti do la mia parola».

«Le promesse possono essere infrante», mormorai.

Loki sorrise e tornò a lanciare il pugnale.

Lo guardai per un attimo, poi strappai l'arma dall'aria prima che potesse riprenderla. Usando i trucchi che mi aveva insegnato, girai l'arma su entrambe le mani e la infilai nella manica dell'abito. Poi, sollevai i palmi per mostrargli che il pugnale era sparito.

«Ben fatto. Non è abbastanza per ingannarmi, ovviamente». Loki mi fece l'occhiolino, e il pugnale gli riapparve tra le mani. «Ma basta per ingannare molti».

«Vorrei che avessi a disposizione più tempo per insegnarmelo».

«È il problema dei mortali: non c'è abbastanza tempo. Ogni momento è importante». Si sfregò la testa. «Ogni azione può portare alla vita o alla morte. Non sono abituato all'importanza delle cose».

«E, in quanto dio, nulla ha importanza per te?».

«No», sospirò. «Suppongo sia per questo che sono qui. Per vedere se, dopotutto, anch'io ho un cuore».

«Se ce l'hai, spero che lo trovi», mormorai. Ero felice di aver incontrato Loki, anche se per poco tempo.

«Se c'è qualcuno che può risvegliare il mio cuore, Rosalind, allora saresti tu», disse con voce melliflua, facendo scivolare lo sguardo sul mio corpo, dalla testa ai piedi. Ero sporca di fuliggine, con i capelli appesantiti dal sudore e dalla terra. Tuttavia, arrossii comunque come una dama di compagnia sotto il suo sguardo. «Ma per ora hai solo risvegliato il mio—».

«Il nemico». Il grugnito di Ragnar interruppe la nostra conversazione. «Draugr. Più avanti».

Eravamo tra il fiume e una collinetta artificiale. Ragnar si arrampicò su di essa e strisciò sulla pancia per gli ultimi metri. Io e Loki facemmo lo stesso.

Appena oltre la collina, i draugr stavano in file silenziose, in attesa dell'ordine di attaccare.

Erano così vicini che riuscivo a vedere le macchie di fuliggine sulle loro armi.

«C'è un modo per aggirarli?», chiesi sottovoce.

«Non stavolta», disse Loki con voce calma. «Il fiume curva e si allontana. Non possiamo avvicinarci oltre».

«Se non possiamo aggirarli, allora li attraverseremo». Ragnar fece scivolare l'ascia per puntarla in alto. «Rosalind, tieniti pronta a correre».

Mi batteva forte il cuore mentre ero premuta contro la terra nuda. Davanti a me, la magia del Re Cadavere era densa come una nuvola di profumo. L'ultima volta che era stata così forte, il Re Cadavere mi era apparso proprio davanti. Chiusi gli occhi e sentii le sue dita ossute sul mio viso.

«Rosalind?», il mormorio di Loki mi riportò al presente.

«Sì», risposi con voce flebile. «Sono pronta».

Qualcosa, però, mi costrinse a dare un'occhiata alle mie spalle. Dietro di noi, che strisciavano lungo il fiume, c'erano altri draugr.

Forse emisi un qualche suono, perché sia Loki che Ragnar si voltarono.

«Siamo in trappola», disse bruscamente Loki. «Dobbiamo andare».

Loki e Ragnar si alzarono in piedi nello stesso momento. Ragnar sguainò l'ascia, pronto ad agitarla in un vortice mortale.

Loki, però, si lanciò in avanti, più veloce di quanto l'occhio potesse registrare. Lanciò un pugnale. Volò lentamente, girando da un capo all'altro, verso i non morti in attesa. Nel momento in cui la lama lasciò le dita di Loki e quello in cui toccò terra tra le file di draugr, il cielo si oscurò.

Un fulmine si abbatté sulla terra, spaccando l'aria con un accecante fiume di luce bianca. Colpì il pugnale, che si frantumò. Linee frastagliate di potere puro colpirono le file di soldati non morti. Si sentirono dei tuoni, diversi draugr caddero.

Io e Ragnar, invece, guardavamo Loki a bocca aperta.

«Ho qualche asso nella manica». Il sorriso di Loki era tagliente come una lama. «Rosalind, seguici».

Raccolsi l'orlo della gonna che sentivo pesante tra le mani.

Loki, intanto, scendeva dalla collinetta con un pugnale in ogni mano. Lampi lontani delineavano la sua sagoma scura.

Ragnar ruggì e, brandendo l'ascia, corse giù per la collina superando Loki. Si precipitò tra le file di non morti e continuò ad avanzare. I corpi presero a volare qua e là. Lo seguii, correndo sul sentiero che sia lui che Loki avevano liberato.

Guardandomi indietro, sembrò impossibile che ci fossimo fatti strada tra le file dei draugr. Potevo solo chiedermi se il Re Cadavere sapesse che stavamo arrivando e se ne fosse compiaciuto, visto che i suoi soldati non stavano combattendo.

In quel momento, però, nel vivo della battaglia, non avevo tempo per pensare. Loki aveva detto che i draugr volevano che andassi dal Re Cadavere, che il mago voleva la pietra di luna. Doveva essere vero ma, nella foga del momento, con l'incalzare del fetore dei draugr su di noi, la lotta sembrava interminabile e invincibile.

Mentre seguivo i guerrieri attraverso il mare di non morti, il mio orrore cresceva e i miei passi vacillavano. Non mi accorsi di Loki che tornò accanto a me abbastanza a lungo da afferrarmi il braccio e tirarmi con sé. Con la mano libera colpì ogni draugr abbastanza sfortunato da avvicinarsi. L'ascia di Ragnar si alzava e si abbassava come una falce, tagliando le file di soldati. Rango dopo rango, i non morti si animarono come un tutt'uno e si mossero con uno scricchiolio secco. Il fulmine colpì ancora e ancora, incendiando i draugr.

Poi, Loki dovette lasciarmi andare per respingere uno squadrone in arrivo. Barcollai. Delle dita ossute mi afferrarono le braccia. Mi dimenai, ma senza successo. I soldati mi trascinarono per qualche metro.

«Ragnar», urlai. Quando si voltò, mi si bloccò il respiro: non era più un uomo. I suoi occhi brillavano ancora, ma incastonati nel volto di una bestia dalla pelliccia nera, alta tre metri. L'ascia sembrava quasi un giocattolo nella sua mano, adesso. Lanciò l'arma tra le fila del nemico, facendo fuori dieci draugr alla volta. Mi passò davanti, con le zampe allungate e bestiali. Con gli artigli squarciò i soldati più vicini.

«Presa», disse Loki alle mie spalle mentre mi sollevava senza difficoltà. Si girò e mi portò come una sposa attraverso il campo di battaglia. Sentivo lo scricchiolio di ossa e detriti sotto i suoi piedi.

Avrei voluto chiudere gli occhi, ma mi sembrava sbagliato non contemplare la carneficina di quei due guerrieri.

La battaglia, però, non era ancora finita. Si stavano avvicinando altri draugr, bloccandoci la via del ritorno. Non che ne avessi bisogno. Davanti a noi si stagliava il muro di nebbia, una lunga colonna di fumo che nascondeva la fortezza del Re Cadavere. Sarebbe stato lì che sarebbe finita la mia missione.

Per Loki e Ragnar, invece, non avrebbe dovuto essere così.

«Mettimi giù», dissi dimenandomi tra le braccia di Loki. «Devo entrarci di mia volontà».

«Non sappiamo cosa ci sia dietro la nebbia. Potresti camminare per chilometri interi». Tuttavia, mi mise a terra e si lanciò in avanti per combattere contro i draugr che si trovavano sul mio cammino.

Raccolsi l'orlo della gonna e lo seguii, standogli il più vicino possibile. Poiché avevo chinato la testa, non mi accorsi che ci trovavamo su una collina finché Loki non fece rotolare giù l'ultimo draugr.

«Via libera. Guarda».

Davanti a noi non c'era altro che terra brulla, che scendeva sempre di più verso il muro di nebbia.

«Lasciate che vada da sola», dissi.

«No», si sentì un ringhio ai piedi della collina.

In qualche modo, il mostro in cui si era trasformato Ragnar era riuscito a farsi strada tra i soldati, abbattendoli tutti. Si arrampicò sulla collina, camminando e strisciando sulle braccia gonfie e coperte di pelliccia della bestia.

«Ci andremo insieme», disse Loki. Io annuii. Con la bestia alla mia destra e Loki alla mia sinistra, corsi giù per la collina, diretta verso la nebbia.

«Tieniti stretta a me». Loki mi prese il braccio mentre ci lanciavamo verso la colonna grigia e ondeggiante.

Non riuscii a scrollarmelo di dosso. E quindi, insieme, ci tuffammo nella nebbia.

La magica foschia mi avvolse come fango. Non riuscivo a

vedere. Non riuscivo a respirare. Era come essere sepolti vivi.

«Cosa sta succedendo?», cercai di urlare. Con le mani tentavo di afferrare la nebbia davanti a me, ma il grigio non si schiariva. Ero in trappola. «No!». Il panico mi montò dentro. Mi dimenai, ma era come muoversi nell'acqua. La magia mi circondava, chiudendomi nel suo mortale abbraccio senza lasciarmi via d'uscita.

Qualcuno, però, mi spinse in avanti. All'inizio, mi opposi.

«Rosalind!». Mi era sembrato di sentire un sussurro soffocato nella nebbia.

Era Loki, che mi teneva ancora il braccio.

Se non fosse stato per lui che mi tirava in avanti, forse non avrei mai avuto scampo. In qualche modo, riuscì a tirarmi fuori dal grigio viscoso per portarmi alla luce del sole.

La nebbia si diradò e ci sdraiammo entrambi sull'erba. Mi passai le mani sul viso, stropicciandomi gli occhi come se in quel modo potessi spazzare via la nebbia. Solo dopo aver respirato un po' d'aria pulita riuscii a calmarmi.

«Grazie», gli dissi.

Loki annuì in risposta. Anche lui era affannato, l'occhio verde era spalancato. L'incantesimo aveva colpito anche lui. Ci alzammo entrambi a sedere sull'erba verde, in una bella radura nella foresta. Gli alberi frusciavano nel vento. Gli uccelli cinguettavano tra i loro rami. Sembrava un altro mondo.

La bella giornata, però, non mi rassicurava.

«Ragnar?», dissi prima di voltarmi. «Dov'è Ragnar?».

Non c'era traccia del mostro. Era ancora bloccato nella nebbia?

Dopo un po', però, un enorme lupo dagli occhi dorati uscì a passo lento dalla foresta. Non avevo mai visto una bestia così grande. I lupi erano più grandi dei cani, certo, ma

143

questo esemplare era di gran lunga più grande di un lupo normale.

«Ragnar?».

Non appena pronunciai il suo nome, l'animale si avvicinò un po' di più. La luce del sole gli illuminò la pelliccia grigia e marrone.

«Ragnar». Tesi una mano per invitarlo ad avanzare. Non lo avevo mai visto in forma di lupo, ma sapevo che era lui.

«Aspetta», disse Loki, tirandomi indietro. «É in preda alla follia».

«Non mi farebbe mai del male». Dopo aver detto ciò, spalancai le braccia e il lupo annullò la distanza. Gli abbracciai il collo, spingendo il viso tra la sua folta pelliccia. Profumava di cedro.

«Sono contenta che tu sia sopravvissuto», gli sussurrai.

Il lupo si ritrasse e mi leccò il viso. La sua lingua ruvida sulla pelle mi rassicurò.

Dopo un attimo, mi tirai su con il suo aiuto.

La radura era calda, rigogliosa e verde, quasi dorata per la leggera luce del sole.

«Cos'è questo posto?», chiesi. Sembrava troppo bello per essere nel dominio del Re Cadavere.

«Il santuario interno. Credo che la fortezza si trovi da quella parte», suggerì Loki indicando la foresta. Per un attimo gli uccelli smisero di cinguettare, poi ripresero.

Rabbrividii. Bello o no, c'era qualcosa che non quadrava in questo posto.

«Suppongo che dovremmo proseguire», dissi, senza riuscire a trattenere la riluttanza che mi tingeva la voce. «Forse da qui in poi sarà più facile».

«Aspetta». Loki mi fermò mettendomi una mano sul braccio. «Lo senti?».

Gli uccelli erano tornati a tacere.

Tuttavia, si sentiva uno scricchiolio nelle profondità della foresta.

«Sta arrivando qualcosa», dissi.

Il lupo si irrigidì, con i denti in mostra; la pelliccia si rizzò e prese a ringhiare, un suono lungo e roco.

Oltre la prima fila di alberi, qualcosa si mosse. Quelli dietro tremavano, le loro foglie frusciavano.

Loki e Ragnar mi si pararono davanti per proteggermi.

Dalla fitta foresta volò un lungo osso grigio. Rimbalzò sul prato e si fermò a pochi metri di distanza. Lo seguì un altro osso, atterrando sul primo con un rumore sordo. Fissammo la scena, tutti e tre attoniti.

Un altro osso, poi un altro ancora, finché il macabro cumulo non crebbe, delineato da una luce blu.

«Possiamo aggirarlo?», chiesi avventurandomi in avanti, ma Loki sollevò una mano. Qualcosa nel mucchio si mosse. La luce della magia del Re Cadavere si alzò e le ossa volarono in posizione. Altre ossa uscirono dalla foresta per unirsi alle altre, dopodiché la magia le trasformò in una sagoma imponente. Aveva la schiena larga come quella di un cavallo, gambe e un collo lunghissimo. E quando aprì la mascella ossuta, sputò del fuoco blu.

«Per le palle di Thor», grugnì Loki, sguainando due coltelle. «Un drago di ossa». Lanciò un'occhiata a Ragnar. «Puoi trasformarti?».

Il lupo scosse la testa.

«Meraviglioso», mormorò Loki. «Tocca a me combattere l'ultimo guardiano. Rosalind, è meglio che tu stia fuori dai piedi».

Il drago avanzò lentamente sulle zampe quasi completamente formate. Se non l'avessi visto, non avrei creduto possibile che esistesse una creatura del genere. Non era altro che un mucchio d'ossa, legate insieme da una luce blu.

145

Mi spostai di lato, più vicino al muro di nebbia, nonostante facessi attenzione a non toccarlo.

Feci scivolare le dita nella tasca, dove tenevo le sfere runiche.

«Loki», lo chiamai. «Riesci a fare qualche magia?».

Lui si stiracchiò le spalle e inclinò la testa fino a far scrocchiare il collo. «Posso provarci».

Strinsi in mano una sfera. Se avessi potuto aiutare, lo avrei fatto.

Il lupo sfrecciò in avanti per cimentarsi nel primo attacco. Ragnar si fiondò tra le zampe del drago, facendo scattare le fauci. Si avventò sulla creatura, facendo volare ossa qua e là. La luce blu gli illuminava la pelliccia. In qualche modo, però, il drago si girò e tirò un calcio, colpendo il lupo di Ragnar. Atterrò sull'erba, ma rotolò subito in piedi, illeso.

Le ossa che aveva strappato dal corpo del drago, però, presero a contorcersi. Per un attimo, tremarono come chiodi vicino a una calamita. Poi la luce blu lampeggiò e le ossa che Ragnar aveva strappato al drago volarono indietro, tornando a prendere il loro posto nella struttura.

«Dannazione», disse Loki, «dobbiamo trovare un modo per smontarlo e impedirgli di animarsi di nuovo». Schioccò le dita. «Sale».

Il lupo di Ragnar stava già attaccando il drago tirandogli nuovamente le gambe.

Loki gli corse dietro, schivando la coda di ossa che si era appena formata.

Alcune ossa atterrarono sull'erba, frutto dell'attacco di Ragnar. Loki gettò sopra il mucchio una manciata di sale. Le ossa si contorsero si nuovo, poi smisero.

«Aha!». Si girò e mi sorrise trionfante.

Anche il lungo collo del drago si girò di scatto, poi aprì la bocca ossuta.

«Loki, attento», gridai.

146

Una sagoma di pelliccia gli sbatté contro prima che il fuoco blu lo prendesse. Ragnar, ancora lupo, e Loki rotolarono insieme sull'erba, rialzandosi in piedi appena in tempo per sfuggire alla coda che il drago stava agitando.

Loki urlò al guerriero: «Mi hai salvato la vita, lupo. Non lo dimenticherò».

Insieme, attaccarono il drago di ossa. Ragnar usò le zanne per strapparle via dalla creatura magica, Loki vi gettava del sale sopra. Dopo un po', mucchi di ossa giacevano inerti tra l'erba. La magia non poteva più animarle.

Rosalind, mi sussurrò qualcuno. Una voce che avevo già sentito molte volte, nel cuore dell'inverno, quando non riuscivo a dormire. Mi afferrai il corpetto dell'abito per controllare che il pugnale fosse ancora lì.

La foresta mi chiamava, oltre la radura.

Era ora di portare a termine la mia missione. Visto che i guerrieri erano impegnati con il drago, potevo svignarmela. Non sarebbero morti. Avrebbero potuto combattere per tornare indietro, attraverso la nebbia, e si sarebbero fatti strada insieme tra i draugr per poter fuggire.

Vieni da me, sussurrò il Re Cadavere. Feci un passo in avanti, poi un altro. La nebbia si infittì al mio passaggio, come per cercare di afferrarmi, di guidarmi in avanti. Percorsi il limite del campo di battaglia, schivando le ossa volanti. Gli unici suoni che si sentivano erano i grugniti dei guerrieri e lo scricchiolio delle ossa.

Alla fine, riuscii ad avvicinarmi alla foresta. Ragnar e Loki non se ne accorsero nemmeno.

Fate attenzione, dissi loro e, dopo un ultimo sguardo, mi voltai e corsi.

«Rosalind», urlò Loki. Era sopra al drago, a cavallo della sua spina dorsale ossuta. Il drago, intanto, si agitava sotto di lui. Ragnar schivò la coda e la colpì con gli artigli, spargendo altre ossa sull'erba.

147

«Devi aspettarci», grugnì Loki, sforzandosi di mantenere l'equilibrio.

«Tornate indietro», gridai di rimando, indicando la nebbia. «Salvatevi».

«No», ringhiò Loki. «Non dobbiamo separarci. Se vogliamo avere una speranza, allora dobbiamo restare insieme. Lo hanno predetto le streghe!».

«Non c'è speranza per me», dissi io. «Lo sai».

Con un grido di battaglia, Loki riacquistò l'equilibrio e versò il sale sul collo della creatura. Da essa divampò la luce blu, così forte da accecarmi.

Il drago si disintegrò e metà delle ossa caddero sul terreno. L'altra metà, invece, volò per formare una gabbia intorno a Ragnar e Loki.

«No!». Loki lottò contro le ossa, ma la sua sacca di sale ormai vuota giaceva sull'erba rovinata. Fecero a pezzi la gabbia solo per vederla riformarsi tutt'intorno a loro.

Alla fine, sarebbero riusciti a liberarsi per venirmi a cercare.

Infilai le dita nella mia sacca, dove avevo riposto le poche armi che mi avevano dato le streghe. Non le avrei usate contro il nemico, ma sui miei amici.

«No!», urlò Loki.

Lanciai le bombe di fumo sul terreno. Esplosero con un grande scoppio che mi scaraventò all'indietro. Alle mie spalle si levò del fumo, pezzi di ossa piovvero fin sul terreno. Un ruggito rabbioso mi spinse in piedi.

Tuttavia, nonostante la confusione, mi voltai e corsi.

~

Loki

. . .

148

«DANNAZIONE, ma cosa le viene in mente?», mormorai. Il fumo delle pietre runiche si diradò. Le armi di Rosalind avevano contribuito a far saltare in aria un angolo della gabbia, ma io e Ragnar dovemmo combattere le ossa rimanenti. Il lupo le mordeva, io le riducevo in polvere. Lentamente, facemmo del nostro meglio per liberarci.

«Dovevo aiutarla», mi lamentai mentre faticavo. «È una sciocca a correre a tutta velocità senza curarsi della sua vita».

Ragnar abbaiò, ancora in forma di lupo.

«Non urlarmi contro», dissi fulminandolo con lo sguardo. Mi lanciò un osso e io lo spezzai a metà. «Avevamo un piano e lei l'ha rovinato. È vero, le streghe le avevano detto che non sarebbe sopravvissuta a questa missione. Ma ci sono tante cose che possono cambiare il destino. Non so bene cosa, ma qualcosa mi verrà in mente».

Eravamo quasi fuori dalla gabbia. Diedi un calcio al reticolo osseo, che cadde a pezzi. La magia blu prese a vorticare, flebile e lenta, intorno a ciascun pezzo

che calpestai per sicurezza. «Una volta mi hanno detto che siamo noi a forgiare il nostro destino». Feci l'occhiolino a Ragnar. Il lupo non sembrava divertito. Anzi, nei suoi occhi dorati mi sembrava di scorgere una luce accusatoria.

«Ebbene, cosa vorresti che facessi?», gli chiesi agitando un osso. «Mi ha lasciato indietro. Solo perché è decisa a diventare un'eroina, non significa che io debba seguire il suo esempio».

Una volta raggiunto il muro di nebbia, avrei potuto andare via e tornare dalle streghe, nessuno mi avrebbe biasimato.

«Devo restare vivo», pensai tra me e me. «Sarebbe così triste se morissi».

Un ciclone magico si sollevò, attirando le ossa nel suo vortice. Ragnar e io ci affrettammo a darci da fare con le ossa rimanenti.

Qualcosa, però, mi punse il fianco. Toccai la giacca con le dita, che si sporcarono di un rosso brillante. Imprecai.

Ragnar abbaiò.

«È solo un po' di sangue», risposi. «Mi hanno detto che è comune, tra gli umani. Spero che la ferita non sia fatale».

Il lupo scosse la testa. Non mi piaceva il modo in cui fissava il mio sangue. Mi asciugai le dita sui calzoni e raccolsi il pugnale caduto.

«Dovresti tornare indietro, Ragnar», dissi, poi indicai con un cenno del mento il muro di nebbia. «Hai fatto tutto il possibile».

Il lupo mi guardò digrignando i denti. Poi si voltò e trotterellò nella direzione in cui era fuggita Rosalind.

Hai mai fatto qualcosa per qualcuno che non fosse te stesso?

«Per le palline di Thor», grugnii, e lo seguii.

Sembrava che, dopotutto, avrei dovuto fare anch'io l'eroe.

Rosalind

ATTRAVERSAI la foresta inciampando di tanto in tanto mentre correvo. La foresta era tranquilla, rigogliosa e verde, dolorosamente bella. Tuttavia, non osavo fermarmi. *Ragnar e Loki mi perdoneranno mai?*

La giornata era calda, la foresta piena dell'accogliente canto degli uccelli. Attraversai di corsa una radura, schiacciando le campanule sotto gli stivali. Avrei corso fino alle porte della fortezza del Re Cadavere, se avessi dovuto,

a prescindere da cosa mi sarebbe accaduto. Li avevo salvati.

Il cuore mi batteva come un uccello in preda al panico nella gabbia toracica, così mi costrinsi a rallentare il passo.

La mia disperazione non rispecchiava la felice giornata di sole.

Ragnar e Loki sarebbero stati bene.

Più camminavo, più mi sentivo tranquilla. L'erba sembrava più verde, le campanule più blu; in alto, gli alberi si separavano per mostrare il cielo limpido. Cosa ci trovavo di strano in questo posto? La domanda mi stuzzicò la memoria, ma accantonai i pensieri.

Sarebbe andato tutto bene. Dovevo solo trovare il Re Cadavere e la mia missione sarebbe stata completata. Inoltre, avrei potuto anche riposare, finalmente.

Perché ero stata così preoccupata per la missione? I pensieri mi sfuggirono come pesci argentei che nuotano sinuosi in un fiume.

Dopo un po', raggiunsi un ruscello, la cui acqua limpida si increspava sulle pietre piatte. Se avessi voluto, avrei potuto inginocchiarmi e bere il fresco liquido; tuttavia, stranamente, non sentivo né fame né sete.

Poco prima ero ricoperta di polvere e fuliggine, ma ora il mio abito sembrava pulito. Anche le mani e le braccia avrebbero dovuto essere sporche di fuliggine, ma la pelle liscia e pallida sembrava essere stata lavata di recente. Le unghie erano intatte. Mi chinai per un attimo vicino al ruscello, che mi mostrò il riflesso del mio viso allungato: avevo un aspetto riposato, regale, uno scintillio negli occhi, che quasi brillavano come pietre di luna.

Fissai il mio riflesso, giocherellando col pugnale sotto il corpetto. C'era qualcosa di importante che riguardava il pugnale, ma non riuscivo a ricordare cosa.

Non importava. Il giorno passò, troppo bello per essere sprecato. Non sapevo per quanto tempo avevo camminato. Seguii il ruscello, rasserenata dal suo tranquillo gorgogliare. Insieme, ci inoltrammo tra rigogliose coltivazioni di felci e altre campanule.

Perché avevo pensato che il Re Cadavere avesse trasformato il mondo in una landa desolata? Questa era la foresta più bella in cui fossi mai stata. Era perfetta, quasi un giardino paradisiaco. Forse il mago aveva usato la sua magia per crearla.

Un mago capace di creare un giardino così bello non sarebbe stato così terribile, vero?

Gli stivali affondavano nel fitto tappeto di muschio e fiori. Tra gli alberi, intravidi i bagliori argentei di una cascata, verso cui si dirigeva il ruscello. Girai intorno a un gruppetto di betulle, con leggeri brividi che mi percorrevano la pelle.

La cascata si riversava in un laghetto abbastanza profondo. La foschia del vapore si alzava dallo specchio d'acqua, raffreddando l'aria.

Accanto a esso, intento a fissare il suo riflesso, c'era un giovane uomo. Era longilineo, con lineamenti marcati e capelli scuri e ramati.

Mi nascosi dietro una betulla, abbracciando il suo tronco mentre spiavo l'uomo. Aveva il viso roseo, sano, nel fiore della giovinezza. Indossava una lunga veste scura simile a quella di un sacerdote o uno studioso. Avrebbe potuto essere l'assistente del mago.

Quando abbandonai il mio nascondiglio per avvicinarmi, il giovane alzò lo sguardo, mostrandomi tutta la forza della sua bellezza.

Un vento si levò, accarezzandomi al suo passaggio. Mi aspettavo quasi portasse con sé il fetore dei draugr, ma l'aria era pulitissima.

L'uomo, invece, emanava un profumo speziato, tutt'altro che sgradevole.

«Sto cercando il Re Cadavere», dissi.

«Ah, sì». Il giovane si alzò, con le guance pallide tinte di un flebile rosso, come se imbarazzato che l'avessi sorpreso a

152

poltrire. «È qui. Lo hai trovato. Abita nei paraggi, nel suo castello».

«È il tuo padrone?».

Il giovane chinò il capo. I capelli erano folti e spessi, brillanti come il legno lucidato. Quando si muoveva, i riflessi rossi che li tingevano sembravano prender vita sotto il sole. «Vieni, mia signora, e ti porterò da lui».

La nostra passeggiata attraverso il resto della foresta fu lenta e misurata. Stavamo salendo, e una montagna di nebbia si stagliò davanti a noi. Di tanto in tanto, il giovane abbassava lo sguardo per rivolgermi un sorriso.

Entra nella tana del Re Cadavere di tua spontanea volontà. Mi tornarono in mente quelle parole, ma non avevo idea di cosa significassero.

Gli alberi si divisero, e con essi anche il muro di nebbia che avvolgeva l'enorme castello. Le sue torrette lucenti si protendevano verso il cielo. L'intera fortezza era costruita in ossidiana levigata, così tanto da brillare sotto il sole.

Mi ricordava un sogno che avevo fatto in passato. Eppure...

«È più piccola di quanto pensassi», dissi.

«Non è ancora terminata», rispose il giovane, con aria leggermente infastidita.

Volevo tranquillizzarlo. «Mi mostri l'interno?».

«Con molto piacere», rispose tendendomi una mano. Esitai per un attimo, studiando il palmo che non possedeva alcuna linea, né calli. La sua pelle era giovane e morbida e, quando misi la mano nella sua, la sentii fredda. Quasi come la pietra.

Tuttavia, venni abbagliata dalla sua bellezza e non pensai più alle sue strane mani mentre camminavamo verso i cancelli aperti.

CAPITOLO 9

 osalind

ALL'INTERNO DEL CASTELLO, dei bracieri illuminavano la strada. Doveva essere stata gettata qualche erba o minerale sul fuoco, perché le fiamme bruciavano di blu e un fumo pungente aleggiava nell'aria. La luce inquietante si rifletteva sulla pietra levigata. Tutto era in ossidiana: il pavimento, le pareti, il soffitto, le enormi colonne che circondavano l'ampia sala.

«Sembra scolpita nella pietra».

«È stata creata così», riecheggiò la voce del giovane.

Io mantenni la voce sommessa, come se fossimo in chiesa. «È bellissima. Come è nato questo posto?».

«Il mago è potente. La sua magia è accresciuta soltanto».

Man mano che camminavamo, le pietre preziose sulle colonne scintillavano al nostro passaggio. Avrei voluto fermarmi a contemplarle, ma i passi del giovane non si arrestarono, costringendomi a seguirlo. Ci tenevamo ancora per mano.

«Sta cercando di liberare il mondo, di governarlo per creare pace».

«A che prezzo?», chiesi.

Il giovane accelerò il passo. Svoltammo un angolo per entrare in una sala più piccola. La luce dei bracieri creava un tunnel blu incandescente. Mentre camminavamo, l'orlo della mia gonna smosse il fumo blu che si era depositato negli angoli. Ci vorticò davanti, come un animaletto che ci precedeva. Da qualunque parte mi girassi, non riuscivo a vedere la mia ombra. Era come se fosse stata inghiottita da quello strano bagliore.

Nell'aria, aleggiava il profumo dell'incenso. *L'odore della magia del Re Cadavere.* Una strana allerta mi montò dentro, ma poi svanì, lasciando posto a un'inebriante calma.

Il giovane si fermò e rimase a guardarmi. Sul suo volto perfetto c'era un'espressione paziente e nient'altro.

Capii allora che non si trattava di un uomo comune, né di un assistente.

Non volevo guardarlo negli occhi, ma c'era qualcosa nel suo volto che mi attirava. «Volevi che venissi qui».

«Sì». Un sorriso gli incurvò le labbra perfette. «Ti ho invitata prima del previsto».

«Lo so».

«Pensavo non volessi».

«Ero prigioniera dei Berserker e non sapevo come fuggire».

Lui inclinò la testa.

Dopo un attimo, però, annuì.

«Da questa parte», disse, e mi condusse oltre una porta, in una torre rotonda e poi su per una scala a chiocciola.

«Questo è un bellissimo castello. È servito molto potere per costruirlo», dissi. Lo stavo adulando di proposito o stavo solo dicendo la verità? Il mio cervello sembrava avvolto da un magico strato di morbida lana.

Sì», rispose lui, rivolgendomi un sorriso smagliante.

Chinai il capo e sentii le guance curvarsi. Mi sembrava strano sorridere. Non era da me. Per qualche ragione, però, volevo che il giovane continuasse a sorridermi.

Era una sensazione aliena. Nel profondo, sotto gli strati di magia che mi sedavano, sentivo urlare la vera Rosalind.

Sul Monte dei Berserker non lasciavo mai che nessuno mi si avvicinasse così tanto, rimanevo in disparte. Usavo le parole come lame e impedivo a chiunque di avvicinarsi a me. Solo mia sorella si aggrappava a me, e questo perché sapeva che avrei fatto qualsiasi cosa per proteggerla, persino allontanare tutti gli altri.

Gli unici che si erano avvicinati abbastanza da spogliarmi della mia armatura erano stati Ragnar e Loki.

E ora questo mago, anche se c'era qualcosa che non quadrava. O forse avrei dovuto recarmi al castello fin dall'inizio?

«Ho pensato che, se non saresti venuta, avrei invitato qualcun'altra», disse il giovane.

Avevo sognato anche quello. Se avessi rifiutato l'invito del Re Cadavere, lui avrebbe cambiato bersaglio, scagliandosi su mia sorella. E io non avrei potuto permetterlo: dovevo salvarla.

Inoltre, dovevo respingere dalla mia mente il Re Cadavere e usare il pugnale.

In un modo o nell'altro, sarebbe finito tutto.

Salimmo le scale e, finalmente, entrammo in una stanza con le finestre aperte. Sapevo che se avessimo guardato fuori, avremmo visto alcuni dei luoghi del mio sogno.

Mi fermai al centro del pavimento di ossidiana, riluttante ad avvicinarmi alle finestre sprovviste di vetri.

«Non ci vorrà molto prima che tu regni», dissi.

«No, Rosalind», rieccheggiò la sua voce, persino qui.

Mi voltai, dando le spalle alle finestre. «Siamo onesti», feci io. «Sei tu il mago».

Il giovane chinò il capo.

«Sei più giovane di quanto mi aspettassi».

«La magia conserva bene». Strofinò due lunghe dita e una luce blu scintillò tra di esse.

«Ma te ne serve altra».

«Ne voglio sempre di più». I suoi occhi erano sempre stati blu? Oppure si trattava del riflesso del fuoco magico? «Ho bisogno di altro potere per proteggere la mia famiglia. Tu mi capisci, vero?».

Chiusi gli occhi. «Sì. Capisco».

«Davvero?», mi chiese, avvolgendomi con la sua voce vellutata. «Sono contento tu sia venuta. Ho così tante cose da darti, Rosalind: riposo, sicurezza, e tanto altro. Ma devi concedermi una grazia». Poi, la sua voce mi sussurrò tra i pensieri: *Cosa mi darai?*

Esitai solo un attimo, lo stesso in cui mi tornò in mente il volto di Ragnar, seguito da quello di Loki.

Infilai una mano nel corpetto e tirai fuori il pugnale dal fodero. Era così piccolo, come l'arma di una dama.

La pietra di luna s'illuminò.

«Che bello», commentò il Re Cadavere allungando una mano con le dita lunghe ed eleganti. La pelle era pallidissima, mai bagnata dal sole.

Gli posai il pugnale sul palmo.

«Grazie, Rosalind». Chiuse le lunghe dita intorno a esso, inghiottendo la luce. «Benvenuta nella tua nuova casa».

$$\approx$$

Loki

· · ·

157

'NON POSSO CREDERE che sia scappata da me». Mi abbassai sotto un ramo morto di un albero, facendo una smorfia quando la manica della casacca mi si impigliò in alcune spine.

Il lupo al mio fianco abbaiò in risposta.

«Oh, invece credo bene che sia scappata da te», dissi a Ragnar in forma di lupo. «È sempre stato questo il piano, fin dall'inizio. Ma le streghe le hanno detto di restare con me».

Agitai una mano verso i rovi che ci bloccavano il cammino, così fragili e secchi che bastò un soffio d'aria magica dal mio palmo per disintegrarli.

«Vorrei avere ancora tutti i miei poteri», mormorai. Il lupo mi passò accanto, col folto mantello a proteggerlo dalle spine. Lo seguii. Davanti a noi si estendeva quella che sembrava una splendida foresta ma, non appena ci avvicinammo, tutta quella bellezza si rivelò soltanto un'illusione. Gli alberi rigogliosi si trasformarono in un deserto polveroso. Accanto a noi scorreva un ruscello, giallo e salmastro.

«Non è del tutto colpa sua», pensai ad alta voce. «È stata maltrattata e trascurata per gran parte della sua vita. Dio solo sa cosa le è successo in quell'orfanotrofio». Quando le braghe mi si impigliarono in delle spine nere, strinsi i denti e strattonai la gamba. «Comunque», sbuffai mentre raggiungevo il lupo, «è per questo che è così irritabile».

Anche il lupo sbuffò.

«Arrogante», continuai. «Lenta a fidarsi, difficile da conoscere».

Il lupo, poi, prese a correre, e io fui costretto ad accelerare il passo per raggiungerlo.

«Gli arrabbiati sono pieni di dolore che nascondono agli occhi altrui», dissi a gran voce. «Quelli che indossano l'armatura più spessa hanno patito grandi dolori. È estenuante, però. Non ci si sente mai al sicuro, non si può mai abbassare la guardia, per nessuno...»

Il lupo si fermò sui suoi passi e girò la testa per guardarmi con quegli occhi gialli e luminosi.

«Non sto parlando di me stesso», aggiunsi toccandomi il petto con una mano, «ma di Rosalind».

Il lupo abbassò la testa, sbuffando una sola volta.

«Sto solo dicendo che dobbiamo essere pazienti con lei». Stavolta fui io a superare il lupo. Dopo qualche altro passo, la nebbia davanti a noi si divise, e ci fu presentato un monolite d'ossidiana.

«Ecco qui», esclamai indicandolo. «Ecco la fortezza del Re Cadavere. È lì che la troveremo».

L'enorme lupo mi spinse di lato.

«Aspetta», sbottai. Mi ignorò, continuando ad avvicinarsi ai cancelli aperti. «Ragnar, aspetta! So che i cancelli sono aperti, ma potrebbe trattarsi di una trappola—».

Proprio in quel momento, dalla torre si sprigionò una luce blu.

«No!». Alzai la mano, facendo appello a quel poco di potere che mi rimaneva. Non potevo contrastare la potente magia del mago, così pensai di usare la mia per togliere il lupo dalla sua traiettoria. L'animale si accasciò su un fianco per un secondo, poi scattò sulle quattro zampe. Si precipitò verso di me, con le fauci aperte, i denti lunghi e scintillanti come lame—

«Per la barba di Odino!», esclamai mentre cercavo di schivarlo. Il lupo mi colpì con la spalla e volai in aria. La magia crepitò, facendo esplodere la terra su cui ero caduto poco prima. Toccai terra, rotolando dietro un masso.

Il lupo si infilò insieme a me dietro l'alta roccia.

«Cos'è stato?», balbettai. Cercai di muovere la spalla e mi mancò il respiro non appena sentii un dolore lancinante. Tuttavia, con un forte scricchiolio, la spalla tornò al suo posto. «Stupido», sbottai. «Ti sei precipitato in avanti senza neppure un piano».

159

Il lupo mi diede un colpo col naso.

«Non dirmi di stare zitto. Stai zitto tu». Mi accarezzai il braccio dolorante e lasciai cadere la testa contro la roccia. «Mi hai salvato la vita. Grazie».

Tu hai salvato la mia.

Avevo chiaramente sentito quella voce nella mia testa. Mi voltai, e incontrai occhi dorati e brillanti.

Poi la sentii, un'onda di magia che mi attraversò, facendomi formicolare ogni arto. Aprì una finestra sulla mia mente, mettendo a nudo ogni mio pensiero.

La bestia selvaggia che era Ragnar mi fissava, con gli occhi dorati rotondi e spalancati.

Lo percepiva anche lui.

Cosa mi avevano detto le streghe sulla magia dei Berserker? Si trattava di un potere che cercava di formare legami di branco, e di fratellanza, tra i guerrieri, in modo che potessero sopravvivere.

Una vita per una vita. Sacrificio per sacrificio. Tali atti di altruismo avevano ben poco senso, quand'ero un dio; tuttavia, è bastato poco per formare un legame fraterno.

Per le palle di Thor, disse Ragnar parlando direttamente nella mia testa.

Per le palle di Thor, appunto.

Rosalind

«ROSALIND», mi chiamava una voce spettrale. «Rosalind».

«Loki?».

Ero di nuovo nella foresta, in una radura avvolta dalla nebbia. Mi girai freneticamente, ma non riuscivo a vedere Loki. La sua voce beffarda, però, mi avvolse comunque.

«Cosa stai facendo, fuggiaschella? Perché sei qui? Ti sei arresa così facilmente?».

«No, non mi sto arrendendo», risposi, stringendo i pugni.

Loki emerse dalla nebbia, vestito di nero come sempre. Notai, però, che aveva entrambi gli occhi scuri. «Non ricordi?».

Mi sfiorò la testa con le dita e mi rividi in piedi davanti al Re Cadavere. Solo che non aveva l'aspetto di un giovane, ma era un orribile mezzo scheletro, avvolto in abiti funebri. *Aspettami, mia sposa*, aveva detto il mago. Mi aveva toccato la fronte con le sue dita ossute ed ero caduta in trance.

«Questo è un sogno», dissi a Loki rabbrividendo.

«Sì. Il potere del mago non può farci nulla, qui». Si scrollò di dosso il mantello nero e me lo avvolse intorno. Feci scorrere una mano sulle pieghe del morbido tessuto, beandomi del calore di Loki, anche se era tutto nella mia testa. «Non puoi nasconderti qui per sempre, Rosalind. Devi affrontarlo».

«No», gridai quando ricordai tutto, coprendomi il viso con le mani. «È troppo tardi. Gli ho consegnato il pugnale. Ha la pietra di luna, adesso». Strinsi i denti: detestavo parlare di quell'orrore. «Gliel'ho dato di mia spontanea volontà».

«Povera Rosalind. Ti ha incantata. Non tutto è perduto, però: io sono qui». Le dita di Loki allontanarono le mie. Mi accarezzò il viso. «Ci sono state alcune... complicazioni. Ma sono venuto il prima possibile».

«Allora sei venuto a salvarmi», dissi, con la voce piena del mio buon vecchio sarcasmo.

«Non esserne così scioccata», mi sussurrò con un sorriso tagliente. «Stavolta sarò un eroe».

«Come?» Il suo viso era così vicino che i nostri respiri si mescolavano l'uno con l'altro.

In risposta, inclinò la testa e mi sfiorò le labbra con le sue. Era così caldo, mentre io fin troppo fredda. Fredda, come se

161

fossi stata trasformata in pietra. Il solo tocco delle labbra di Loki mi trasmise un calore rigenerante. Così sospirai, come se mi fossi svegliata da un lungo sonno.

«Sì», mormorò. «Lascia che ti ricordi chi sei».

Il suo bacio fu lento, tanto che mi ribollì il sangue. Il cuore tornò a battermi nel petto. Sollevai la mano, cingendogli la guancia magra. Provavo di nuovo qualcosa, finalmente.

«Cosa ti ha detto il Re Cadavere, Rosalind?», chiese Loki, tirandosi indietro per accarezzarmi i capelli. «Cosa ti ha promesso?».

«Ha detto che sarei stata la sua sposa».

«Davvero?».

«Ha detto che gli appartengo».

«Non possiamo permetterlo». Mi accarezzò il viso. Le sue dita erano lunghe ed eleganti, ma calde. «Sarò io a reclamarti». La sua bocca si poggiò sulla mia, con la barba che mi raschiava il viso mentre l'assaggiava, accarezzandomi la lingua con la sua finché non sentii il suo tocco magico sul mio sesso.

«Un bacio», mormorò, «la mia arma preferita». Continuava a succhiarmi la lingua, come se fossi il miglior idromele che avesse mai assaggiato.

Mi strinsi a lui, sentendo uno spasmodico bisogno di averlo, proprio come lui aveva bisogno di me. Sapeva di ambrosia, un sapore intenso e inebriante. Il suo ricco profumo mi avvolse, purificandomi i sensi. «Hai infranto l'incantesimo».

Un angolo della sua bocca si abbassò. «Non durerà. Quando ti sveglierai, sarai ancora in suo potere».

Gli posai una mano sul petto, cercando col palmo il battito del suo cuore. «Hai fatto del tuo meglio. Loki, io...», cercai le parole giuste, ma mi sembrarono così insignificanti rispetto all'enormità dei sentimenti che provavo. «Sono felice che tu sia qui», dissi goffamente. «Anche se è solo un sogno».

Lui ridacchiò e mi strinse a sé, avvolgendo il suo mantello intorno a entrambi. «Guardaci. Custodiamo con cura i nostri cuori in modo che nulla possa spezzarli. Li priviamo di luce e aria, senza curarci di farli appassire, perché pensiamo che solo così saremo al sicuro. Non funziona, Rosalind». Mi accarezzò la testa col naso. «Alla fine, ci rende fragili. E andremo in mille pezzi».

Mi si erano congelate di nuovo le labbra. «Io sono già a pezzi».

Mi premette un bacio sul capo. «Lo siamo tutti. E non c'è niente di cui vergognarsi. Tutti e tre siamo una cosa sola».

«Tutti e tre?».

«Mmm». Sembrava rassegnato.

Rosalind, urlò qualcuno in lontananza. Il suono si trasformò nell'ululato di un lupo. C'era qualcosa che si aggirava nella foresta. Metà uomo, metà bestia, tutto un mostro.

«Non sai che non bisogna mai dare da mangiare agli animali selvatici?», scherzò Loki. «Hai dato a quella bestia un pezzo del tuo cuore. Ora non possiamo più sbarazzarci di lui».

«Devo andare da lui», dissi provando ad allontanarmi, ma Loki mi tirò indietro.

«È insopportabile, da quando sei fuggita. Non posso prometterti che non te ne farà pentire».

Un altro doloroso lamento riempì l'aria. Il dolore in quel suono mi lacerò il cuore.

«Lasciami andare da lui. Loki, per favore».

«Temo non voglia vederti. Non nel suo stato attuale».

Un suono spezzato e affannato provenne da oltre la nebbia. Era il respiro del mostro.

«Ragnar», lo chiamai, e il respiro affannato si avvicinò.

Mi allontanai da Loki e mi diressi verso il suono, fermandomi a un passo dalla nebbia vorticosa. «Avvicinati», urlai.

Loki scivolò al mio fianco. «Come ho detto, non vuole vederti».

Dall'ombra provenne un ringhio.

«Dice di essere un mostro», tradusse Loki.

«Io ti voglio, Ragnar. Se sei un mostro, allora è così che ti voglio». Il vento si alzò e anch'io alzai la voce. «Non ti è permesso lasciarmi a bocca asciutta!».

«Hai sentito la signora», urlò Loki. A me, invece, sussurrò: «Sta funzionando, continua».

«Ragnar», lo chiamai. «Il Re Cadavere mi ha marchiata, ma tu hai sostituito il suo marchio. Sono nel suo castello: dice che sarò la sua sposa».

Il ruggito che seguì fu accompagnato da una folata di vento che mi scompigliò i capelli.

«Vuoi sfidarlo?», urlai in risposta. «Vieni a dimostrare che appartengo a te».

La nebbia avanzò lentamente. Una forma scura si mosse tra le ombre, oltre il punto in cui si spingeva la mia vista.

Agitai una mano nella fitta foschia. «Questo non è reale. È solo un sogno».

«Sì, fuggiaschella», mormorò Loki alle mie spalle, scostando il mantello, «ma sembra tu abbia bisogno di un piccolo promemoria su ciò che è reale».

Un panno mi cadde sugli occhi. Sollevai una mano per spostare la benda, ma Loki mi zittì e mi bloccò le mani dietro la schiena. Ci mise poco a legarmi i polsi.

Poi, fece una breve pausa. «Lasciati trasportare», mi sussurrò all'orecchio. «Ne ha bisogno».

L'ululato di Ragnar riempì la notte mentre Loki mi tirava a sé.

«Verrà a prenderti», disse Loki. Mi fece avanzare con la mano stretta sulla nuca. «Guarda chi ho trovato», canticchiò.

La bestia emise delle fusa ferine. Girai la testa nella sua direzione, ma la benda mi impediva di vedere.

Sentii Loki ridere. «Dice che forse non sono poi così inutile».

Mi umettai le labbra. «Parli per lui?».

Sentii un altro ringhio rabbioso.

«Sfortunatamente, sì». Loki gli si avvicinò, intanto che smanettava alle mie spalle.

Presto mi ritrovai legata come prima, con le braccia tese sopra la testa, legata a un ramo d'albero, in alto. C'erano alberi in questo luogo magico?

«Naturalmente», continuò Loki. «Non piace a nessuno dei due».

Erano successe così tante cose, da quando ero scappata da loro. «Come fai a capirlo?».

«Ho molti talenti». Schioccò le dita e l'aria mi raggelò il corpo. I miei vestiti erano svaniti, e ora mi contorcevo nuda nel vento.

«Cosa stai facendo?», sussultai.

«Lo sai». Le lunghe dita di Loki mi accarezzarono il seno. Mio malgrado, mi inarcai sotto il suo tocco. «Sei già stata qui. Per una volta, io e Ragnar siamo d'accordo su qualcosa». Si levò un altro ululato, malinconico e dolorosamente bello. «Sai cosa sta dicendo?».

«No».

«Dice che sei fuggita da noi, e che ora devi fare ammenda». Mi raccolse i capelli per farmeli scivolare sulle spalle, così da coprirmi i seni e scoprirmi la schiena. «Ecco. È l'ora della tua punizione».

Anche se avevo le braccia legate sopra la testa, mi si arricciarono le dita dei piedi.

«Freddo?», chiese Loki accarezzandomi il viso. «Non preoccuparti. Presto ti scalderemo noi». Sentii una frusta schioccare dietro di me e sobbalzai. «Ti insegneremo a non fuggire da noi».

«Quante?», ringhiò Ragnar alle mie spalle, con la voce della bestia.

Cercai di girarmi verso di lui, ma Loki mi tenne ferma.

«Tante quante ne può sopportare». Loki mi afferrò i fianchi. «Pronta, fuggiaschella?».

Mi preparai psicologicamente. «Pronta».

Tuttavia, non c'era modo di prevedere che Loki abbassasse la testa, con i capelli che mi sfioravano il viso. La sua lingua mi si infilò in bocca, e mi sciolsi contro di lui quando la prima frustata mi colpì la schiena. Il colpo fu uno shock per i miei sensi, eppure non sentii alcun dolore. La frusta schioccò di nuovo prima che l'eco della prima frustata svanisse dalle mie orecchie. Poi, sentii il dolore. Il pizzicore mi svuotò i polmoni dall'aria che contenevano. Loki assorbì le mie grida e poi abbassò la testa sui miei seni per mordermi delicatamente il capezzolo. Dopodiché, lo succhiò forte.

La frusta mi colpì di nuovo, stavolta tra le scapole.

Un fuoco mi si propagò tra le gambe, e Loki fece scivolare una mano lungo il ventre per poi cingermi il sesso col palmo. Le sue lunghe dita sondarono le mie pieghe, infilandosi agilmente tra le labbra per raccogliere la rugiada che si era accumulata e usarla per lubrificare il bocciolo sensibile, dal quale si irradiavano scosse così intense da friggermi il cervello.

Poi arrivò un'altra sferzata. Gemetti. Loki mi afferrò i fianchi. La sua bocca coprì il mio sesso, la lingua leccò la mia fessura, sondandola. Trovò il mio clitoride e lo accarezzò con movimenti circolari. Mi slinguò lentamente, come se avesse una vita intera per lambirmi la passera.

Il mostro dietro di me, però, era affannato. La frusta scoccò nuovamente. Ondeggiai in avanti per l'impatto, ma non sentii nulla. Invece del dolore, sentii un tocco spettrale, morbido come il velluto, leggero come le ali di una farfalla, che mi danzava sulla pelle. Mi scorreva sulla schiena in rivoli dorati. Ovunque mi toccasse la frusta, veniva seguita da quel caldo velluto.

Il mio corpo si inarcò come un arco. Spinsi il mio sesso verso la bocca di Loki, morendo dalla voglia di poterlo vedere in viso. Le sue mani vagavano sul mio petto nudo, scivolando verso l'alto fino a stringere un seno e poi l'altro. Mi accarezzava come fossi una lira, pizzicandomi i capezzoli e strappandomi dalla bocca gemiti quasi musicali. Il piacere mi si infranse addosso come piccole onde dorate che mi attraversavano, diventando sempre più grandi. Stavolta, quando la frusta mi colpì, sentii il colpo che scatenò una tempesta dorata. Urlai, e il mio corpo s'irrigidì mentre l'orgasmo mi avvolgeva. La magia di Loki mi riempì, scacciando ogni altra sensazione finché non diventai una creatura di pura estasi.

Quando sollevai la testa, avvertii una presenza alle mie spalle. Loki era ancora in ginocchio davanti a me, intento a giocherellare col mio sesso. I suoi capelli mi solleticavano il ventre.

Tuttavia, dietro di me incombeva un gigante. Dei brividi mi percorsero la schiena, avvertendomi della vicinanza di un predatore. Un alito caldo mi soffiò sul collo. Percepii che la creatura era più grande e più grossa di qualsiasi cosa avessi mai incontrato. Un mostro.

Ragnar.

«Liberala», ringhiò la creatura. Un brivido di paura mi percorse, trasformandosi in piacere grazie a qualche malefico artifizio della magia di Loki,

che mi liberò i fianchi dalla sua presa. «Sicuro?».

Ragnar non rispose, e il sospiro di Loki si abbatté sulla mia carne nuda.

«Molto bene». Si alzò.

Si sentì un rumore quando il coltello tagliò il cordone di

pelle che mi teneva legata, poi le braccia mi caddero lungo i fianchi.

Ragnar ringhiò. «Corri».

Mi spostai in avanti, barcollando finché non trovai l'appoggio. Non appena ci riuscii, mi precipitai in avanti. Le mie dita si allungarono verso la benda e la strapparono, ma non servì a nulla. Ero attorniata dalla nebbia.

Corsi nella notte.

Un ringhio riempì la terra, così forte da farla tremare. La paura mi trafisse, spronandomi a continuare a correre. Diventai un coniglio, con gli occhi bianchi, che sfuggiva al lupo che gli stava alle calcagna. Solo che io non ero inseguita soltanto da un mostro. Una sagoma si profilò nell'ombra accanto a me, così virai a destra. La bestia alle mie spalle prese velocità, avvicinandosi sul lato sinistro. Cambiai nuovamente direzione. I due mostri mi tennero tra loro finché, alla fine, uno di loro non mi attaccò. Persi l'equilibrio e rotolai sul terreno. La massa pelosa del mostro mi coprì, prendendomi a metà caduta per posarmi sul suolo prima di immobilizzarmi.

Ora ero a terra, ricoperta da una coltre di pelliccia che profumava di cedro, con la forma nera che incombeva su di me. Il pelo si rizzò lungo i forti avambracci. Mi dimenai, e vidi i suoi occhi brillare d'oro. Abbassò la testa da lupo e mi coprì la spalla con la sua enorme bocca. I lunghi canini bianchi mi premettero sulla pelle senza trafiggerla.

«Ragnar», ansimai. Puntò le orecchie in avanti.

Sollevai una mano e accarezzai la pelliccia del viso del mostro. I suoi denti liberarono la mia pelle dalla presa. Il suo respiro caldo mi accarezzò il viso. Per un attimo, il suo peso caldo mi schiacciò sul suolo della foresta. Poi si spostò, girandomi su mani e ginocchia. Qualcosa di caldo e spesso mi sfregò contro la parte posteriore della gamba, bagnandola. Mi ressi sugli avambracci, inclinandomi in avanti per offrire il mio sesso. Poi, rimasi immobile.

Zampe pesanti mi afferrarono i fianchi per tirarmi indietro. Un membro, lungo e spesso come tre rami insieme, mi sfregò tra le cosce. Il pelo mi solleticava il sedere. Le punte affilate degli artigli del mostro mi premevano contro le cosce.

«Sì», sussurrai. «Fallo».

La bestia ringhiò e si spinse dentro. Io urlai, rabbrividendo. Sentii la sua lunghezza e il suo spessore fino alla punta delle dita dei piedi. Era troppo grande. Gli artigli mi graffiarono la pelle mentre la bestia che era Ragnar mi riempiva.

Una seconda sagoma scura bloccò la luce della luna. Un altro mostro ricoperto di pelliccia, questo con occhi neri come un corvo.

«Rosalind», mormorò con la voce di Loki. Chiusi gli occhi. Una grande mano mi afferrò i capelli, con gli artigli che mi graffiavano leggermente il cuoio capelluto. Un membro mi accarezzò le labbra. Leccai la corona, assaporando la dolcezza salata e inebriante. Poi, ci chiusi le labbra intorno. Il sapore e il profumo di Loki mi avvolsero. Lo succhiai avidamente, desiderosa di altro.

«Prendilo», disse con voce roca. Il suo uccello si spinse più in profondità nella mia bocca. Infilai le dita nella terra, vogliosa di aprirmi. Di accettarne dell'altro.

«Così», sibilò Loki. «Proprio così».

Dietro di me, invece, Ragnar dondolava lentamente, penetrandomi più a fondo. Ero così piena. Mi si stringeva il ventre, i muscoli interni che si increspavano sull'uccello di Ragnar. La mia passera, però, ne voleva ancora.

Poi, inspiegabilmente, Ragnar si tirò fuori da me. Loki mi tirò i capelli, costringendomi a staccare la bocca dal suo cazzo.

169

Mi lamentai, e Loki rise. «Pazienza». Mi prese tra le sue braccia pelose per sistemarmi sul suo cazzo. Ero già stata dilatata dalla verga di Ragnar. Loki mi penetrò facilmente, nonostante il suo fosse più lungo. Gemetti quando scivolò in profondità, poi rabbrividii.

«È pronta», mormorò Loki.

Una mano artigliata mi afferrò la gola, facendomi indietreggiare. «Apriti per me», ringhiò Ragnar. Il suo cazzo mi sfiorò il sedere, spingendosi tra le natiche. L'umidità che fuoriusciva dalla sua corona mi bagnò l'ano e poi si spinse dentro. La mia piccola apertura oppose resistenza. Il ringhio di Ragnar rimbombò dentro di me. Lentamente, sempre più lentamente, la corona affusolata del suo membro mi dilatò.

«È troppo», gemetti. «Sono troppo piena».

«Puoi sopportarlo». Loki si chinò su di me per leccarmi le labbra. Delle zanne mi sfiorarono il viso.

«Lo sopporterai», ringhiò Ragnar.

Flessi le dita per afferrare le setose pieghe della pelliccia di Loki. Allungai l'altra mano all'indietro per toccare la massa pelosa che era Ragnar.

«Mia». Le zanne di Ragnar mi sfiorarono la spalla come se volesse incidermi quella parola sulla carne. «Mia».

Insieme, i due mostri mi penetrarono a fondo. Io, intanto, rabbrividivo nel loro abbraccio.

In qualche modo, il mio corpo era riuscito ad accoglierli entrambi. Dentro di me, i due membri mi sfioravano ogni punto sensibile, mi stimolavano in ogni modo possibile. Si spingevano dentro a turno, dondolando dentro e fuori dal mio corpo per dilatarmi ulteriormente. Mi sentivo sul punto di crollare.

Poi, però, il mio clitoride trovò una cresta pelosa. Le spinte di Loki sfregavano sui punti giusti del mio corpo, e il bruciore della tensione tra le cosce si trasformò in qualcosa di più piacevole.

Un'esplosione di luce mi crebbe nel ventre. Non ero più fatta di carne, ma di sensazioni d'oro.

Dei denti mi si posarono sulla spalla e in quel momento esplosi. La luce mi attraversò.

Entrambi i mostri ruggirono, impalandomi sulle loro verghe dure. Un calore umido mi bruciò le viscere.

Loki si tirò fuori, ma Ragnar continuò a penetrarmi il culo, riempiendomi fino all'elsa, così tanto che mi sembrò che, se avessi aperto la bocca, il suo seme avrebbe potuto sgorgarmi dalle labbra.

Rabbrividii, inerme. Ragnar tolse la zampa dal mio collo e mi tenne contro di sé mentre scivolava fuori dal mio corpo. Contro la mia schiena, sentii il suo petto rimbombare con qualcosa che mi sembrarono fusa.

Mi fecero stendere a terra tra loro. I loro profumi, di cedro e di bacche, si mescolavano su di me. Erano ancora dei mostri, ma non mi importava: erano i *miei* mostri.

Le stelle vorticavano sopra la mia testa. Mi stavo dissolvendo tra loro, mi stavo trasformando in qualcosa più grande di me. In qualcuno che si sentiva al sicuro, in una donna più potente. Allungai una mano per toccare il cielo e, per un attimo, mi sentii qualcosa di più che un semplice ammasso di carne. Intravidi una donna che aveva quasi il mio stesso aspetto. I capelli erano fatti della stessa materia delle stelle. I suoi occhi erano finestre su mondi sconosciuti. Era tutto ciò che avevo sempre desiderato essere. Una sola occhiata poi scomparve.

Non è scomparsa. È dentro di te, mi disse Loki nella mente. *Puoi ritrovarla ed evocarla di tua volontà.*

«Il mago mi sta aspettando. Devo tornare indietro, adesso».

Non importa, disse Ragnar tra i miei pensieri. *Sarai nostra per sempre.*

171

Toccai le ferite tra spalla e collo. «Sarà sufficiente per reclamarmi?».

No, piccola fuggiasca. C'è ancora molto da fare e devi essere coraggiosa. Ma avrai noi accanto.

«Come?», chiesi ad alta voce.

Non ti abbandoneremo, disse Ragnar con voce roca. *Niente ci impedirà di salvarti.*

Un dolore lancinante mi colse alla sprovvista, facendomi urlare. La magia del Re Cadavere mi aveva avvolta nuovamente, e non potevo sfuggirle.

«Mi sta tirando indietro», rantolai. «Fa male». Tuttavia, non appena pronunciai quelle parole, il torpore mi avvolse: il mio corpo si trasformò di nuovo in pietra.

Aspettaci, ringhiò Ragnar. *Promettimelo.*

«Promesso». Gli accarezzai il viso, desiderando di imprimere il suo ricordo sulle mie dita. Mi morse i polpastrelli e accolsi con piacere l'esplosione di dolore. Lo avrei accettato, se questo significava che potevo ancora provare qualcosa.

Non temere, disse Loki mentre l'incantesimo del mago mi sovrastava, circondandomi di tenebre. Non vedevo nulla, non sentivo nulla tranne che le loro voci, e mi aggrappai alla loro promessa.

Verremo a salvarti.

CAPITOLO 10

QUANDO MI SVEGLIAI, sapevo che si era trattato solo di un breve momento, eppure mi trovavo ancora nell'ampia sala. Indossavo un abito raffinato che sembrava fatto di fili d'argento. Un abito adatto a una regina.

«Vuoi che io sia la tua sposa», diedi voce alle parole con le labbra gelate.

«Sì», rispose il mago. Era in piedi dietro di me. «Ho bisogno di figli. Riempirò il mondo con loro, regnerò con te». Le sue dita, lunghe come le zampe di un ragno, mi accarezzarono il ventre come se fosse già pieno.

«Senza di me non hai alcun potere. Perché dovrei rinunciare al mio per te?».

«Oh, dolce Rosalind, hai già ceduto».

Era vero. Avevo le membra congelate come se fossi avvolta in un corredo di ragnatele. Come potevo oppormi a lui?

173

Un suono ci interruppe. Era un ululato frenetico.

«Cos'era?», chiesi girando la testa nella direzione del suono. In qualche modo, mi sembrava familiare.

Il mago emise un grugnito di frustrazione. «La mia magia ha intrappolato due creature fuori dal castello».

«Quali creature?», risuonò la mia voce, quasi ultraterrena.

«Due lupi. Bestie miserabili».

«Me li mostri?».

Dopo un sospiro stridulo, il mago schioccò le dita. Due lupi, uno nero e uno marrone e grigio, entrambi sporchi di polvere e fuliggine, si dirigevano verso di noi.

«Non sono semplici lupi», dissi io, intravedendo gli uomini intrappolati nelle sagome pelose. «Sono maledetti». In qualche modo, riuscivo a vedere la magia che li avvolgeva. Una rete nera che si stringeva intorno al loro corpo.

«Povere anime», disse il mago. «Dovrei liberarli?».

Quando annuii, lui allungò una mano. I lupi si lamentarono, torcendosi in una morsa invisibile. Li stava torturando.

«Aspetta!», allungai una mano per fermarlo. «Mio signore, aspetta, ti prego. Vorrei che queste bestie fossero risparmiate. Affidale a me».

La mano del mago si chiuse a pugno. «Non possono essere domate».

«Allora lasciale al guinzaglio. Per favore. Ti sposerò volentieri. Regalami le loro vite come dono di nozze».

Il mago abbassò la mano. «Che regalo di nozze sia, allora».

Stavo già attraversando il corridoio verso i due lupi. Stavano ansimando, con la magia del mago che li teneva in pugno.

«Non abbiate paura». Tesi una mano all'animale più vicino.

Per un attimo rimase immobile, permettendomi di avvicinarmi ulteriormente, poi si lanciò in avanti. I denti del lupo mi affondarono nella carne, trafiggendomi il dorso della mano, quasi perforandolo. Urlai.

Poi una luce blu colpì il fianco del lupo, scagliandolo lontano. L'animale venne lanciato contro una colonna e guaì una sola volta. Dopodiché, il suo corpo floscio scivolò fino alla base. Si alzò l'altro lupo, correndo ad annusare e leccare il compagno caduto.

«Bestia schifosa», disse il mago senza molta emozione nella voce. «Ti ha fatto male?».

Mi portai la mano al petto, col cuore che batteva all'impazzata e gli occhi che non si staccavano dal lupo.

«No», riuscii a rispondere, anche se il dolore stava diventando sempre più intenso, stava salendo sempre di più, fino alla testa. «Non fa così male».

Sbattei le palpebre. Era come se mi fosse stato rimosso un velo dagli occhi, e ora riuscivo a vedere le cose esattamente com'erano.

Questa sala non era né ampia né bella: era stretta e buia come una caverna. Le belle colonne, in realtà, erano stalattiti da cui gocciolava acqua. I ragni si aggiravano tutt'intorno a esse, tessendo ragnatele in ogni angolo.

E il Re Cadavere accanto a me... Oh, era un mostro ben peggiore di un Berserker. Alto e scheletrico, con la pelle che si ritraeva dalle ossa lucide del cranio e del viso. La pelle, invece, era grigia. Abiti funerari gli avvolgevano le membra e il petto. Indossava abiti una volta grandiosi, opachi e impolverati dal tempo. Non era nel fiore del suo potere, però.

Tutto ciò che mi aveva mostrato, che mi aveva raccontato, era una menzogna. E ora riuscivo a vederlo chiaramente.

Il lupo che era Loki giaceva in una massa informe accanto alla parete della grotta. Quello che invece era Ragnar leccava il viso del lupo caduto, poi emise un basso lamento. Il morso di Loki aveva spezzato l'incantesimo. Si era sacrificato perché potessi vedere come stavano davvero le cose.

Rosalind, disse Ragnar parlando direttamente nella mia testa.

Trasalii. Per un secondo esitai, congelata sul posto. Poi aprii il cuore e lasciai che l'impeto delle speranze e delle paure, dell'amore e del legame di Ragnar si riversasse su di me. *Loki è...?*

Il lupo si lamentò di nuovo. *Non riesco a raggiungerlo.*

«Devo disfarmi del corpo?», mi chiese il mago.

«No. Portalo fuori e stendilo ai piedi di un albero», risposi io. *Vai con lui,* dissi a Ragnar. *Sarò al sicuro.*

Un vento magico sollevò il corpo inerme e lo portò fuori dalla sala. Poi, il lupo bianco e marrone si voltò verso di me con gli occhi luminosi.

Per favore. Allungai una mano lungo il fianco e allargai le dita. *Assicurati che sia al sicuro.*

Le orecchie del lupo di Ragnar gli si appiattirono sulla testa.

Il mago schioccò le dita e una raffica di vento colpì il lupo, facendolo indietreggiare.

Vai ora, ordinai. *Preserva la tua forza, puoi fare ben poco, qui.*

Tornerò, mi promise il Ragnar lupo. *Tu aspettami.*

Lo prometto. Il sollievo mi sciolse ogni articolazione quando il lupo si voltò e andò via.

«È quello che succede quando si possiedono degli animali selvatici», disse il Re Cadavere facendo spallucce. «Ora, cara. Procediamo?», chiese tendendomi la mano. Fissai le sue dita scheletriche, poco più che ossa animate.

Alle sue spalle brillavano alcuni sottili pennacchi di fumo. Blu argenteo e incandescenti, simili alla spettrale nebbia che aleggiava sulle paludi.

Mentre la fissavo, la foschia si solidificò, trasformandosi in sagome femminili. Erano in fila, di tutte le altezze e corporature. Riuscivo a distinguerle chiaramente. C'era una donna rotonda con i capelli color miele che le ricadevano sulle spalle. Accanto a lei ce n'era una più alta, con le guance scavate e gli occhi scuri e affossati. Fu lei a scuotere la testa con fare solenne. La donna bionda, invece, lo fece con più veemenza. *No*, mi disse col labiale. *No.*

Non volevano che gli concedessi la mia mano. Il mio istinto era giusto. Se lo avessi toccato, avrei potuto cadere di nuovo nel suo incantesimo.

Non avrei permesso che il sacrificio di Loki fosse vano.

Ti prego, riprenditi, pregai silenziosamente, sperando che in qualche modo Loki potesse sentirmi.

«Rosalind», mi chiamò il Re Cadavere, ancora in attesa.

«Ti prego». Usai entrambe le mani per raccogliere l'orlo della gonna. Non era affatto argentea, ma coperta di polvere e ragnatele. Nascosi il brivido che mi percorse la schiena. Avrei preferito toccare i resti dei ragni piuttosto che la mano del Re Cadavere. «Fammi strada», gli dissi. Non volevo toccarlo per evitare che il suo velo incantato mi calasse di nuovo davanti agli occhi.

Lui annuì, anche se sembrava contrariato. «Allora vieni». Il suo mantello si stendeva sul pavimento ricoperto di ragnatele. Attaccata al fianco, la pietra di luna mi strizzava l'occhio brillante. Dovevo trovare un modo per recuperare il pugnale e conficcarglielo nel cuore.

Il mago mi condusse fino alla fine del corridoio e salì tre gradini per giungere su una predella rialzata.

Lo stormo di donne fantasma ci aveva seguiti. Erano tutte ammassate in un angolo, e l'inquietante luce blu che delineava le loro sagome, ora, luccicava. Erano qui per guidarmi.

Ma il Re Cadavere era troppo potente. Come potevo oppormi a lui? Bastava un tocco per offuscarmi i pensieri.

«Qui». Il mago si avvicinò a un gran tavolo e tirò fuori una sedia. «Ceniamo».

Sia il tavolo che le sedie erano di pietra. Il tavolo era apparecchiato con quelli che un tempo, forse, erano stati piatti di pregio; ora, però, erano scheggiati e pieni di ragnatele. In una ciotola c'era qualcosa che sembrava frutta, ormai marcia e putrefatta, simile a melma.

Mandai giù la bile e accettai il posto offertomi, facendo attenzione a non toccare il mago. Se mi avesse incantata di nuovo, non avrei saputo come liberarmi.

«Bevi». Il mago riempì un calice con un liquido rosso e denso. Io accettai il bicchiere, combattendo l'impulso di tapparmi il naso e di abbandonarmi ai conati di vomito. Dovevo comportarmi come se fossi stata ancora sotto l'incantesimo e fingere che il liquido fosse del buon vino rosso, anche se era tutto tranne che quello. Sotto il profumo di chiodi di garofano e incenso che la magia del mago portava con sé, si sentiva ancora l'intenso sapore ferroso del sangue.

Sollevai il calice per brindare. «Al potere», dissi. La mia voce suonava strana nella sala piena di ragnatele.

«Al potere», ripeté lui, poi annuì e prese un sorso. Osservai affascinata la carne che gli strisciava sul cranio calvo, avvolgendosi intorno all'osso. I suoi lineamenti sarebbero stati quelli del giovane, quando la magia avrebbe finito di riassemblarlo.

«Che annata è?», chiesi fingendo di bere.

«Proviene dalle mie antiche terre», rispose lui. «Farlo è stato possibile solo grazie al sangue dei miei figli».

Strinsi i denti quando sentii il conato che mi pungeva la gola. Posai il calice, con la mano che mi tremava dalla voglia di scaraventarlo lontano.

«I miei figli... ora sono tutti morti». Il mago sembrava quasi triste.

Guardai le donne raggruppate dietro le sue spalle. «E le madri? Le tue mogli?».

«Non erano degne di avermi», disse. «Alla fine, mi hanno abbandonato, si sono rivoltate contro di me. Sono rimasto solo per tanto tempo». Il suo sguardo mi raggelò. «Ho bisogno di avere una regina che regni al mio fianco».

Un ragno salì sul tavolo e scomparve tra i piatti.

«Sei sazia?», mi chiese il mago.

Abbassai lo sguardo sulla poltiglia marcia nella ciotola che avevo davanti. Non riuscivo più a fingere di mangiare. «Abbastanza», riuscii a dire.

«Allora cominciamo». Allungò una mano e un vento magico spinse via i piatti dal tavolo, che ora vedevo per ciò che era davvero.

Un altare. Una lastra di pietra macchiata di marrone. Le macchie non erano di vino, ma di sangue. Il sangue dei suoi figli, delle sue mogli. Il Re Cadavere li aveva sacrificati tutti per ottenere più potere, e avrebbe fatto lo stesso con me.

«Anche tu vuoi il potere», osservò lui. «Vieni, Rosalind, e te lo darò».

Qualcosa in me si risvegliò a quelle parole. Volevo davvero il potere, ma non a questo prezzo.

Cercai Ragnar con la mente. *Non lasciarmi scivolare via*, gli sussurrai, e poi una risposta mi risuonò tra i pensieri.

Non succederà. Due voci. Quelle di Loki e Ragnar, mescolate insieme. Per un attimo inalai profumo di bacche e cedro.

Loki era riuscito a sopravvivere?

«Unisciti a me», continuò il Re Cadavere. «Ti darò una corona». Sollevò le mani e usò l'aria davanti a sé per modellarne una con la magia. Tuttavia, quando apparve, notai che era fatta di vecchie ossa.

Deglutii.

Il mago me la pose sul capo prima che potessi protestare. Chiusi gli occhi. Riuscivo a sentire l'odore della decomposizione.

«Abbiamo perso fin troppo tempo», disse il mago. Mi sollevò e mi adagiò sul tavolo macchiato. Mi sovrastava e, a quella vista, girai la testa. Allungai la mano e gli sfiorai il

179

fianco, dov'era il pugnale. Sentivo la lama sotto le dita, ma non riuscivo a staccarlo da lì.

Poi, sfiorai la pietra di luna. *La pietra di luna è l'arma*, avevano detto le streghe. *È la fonte del potere e può essere usata per incatenarlo.*

La superficie della pietra era liscia sotto i miei polpastrelli.

Hai un'affinità con essa, aveva detto Loki. *Hai della magia.*

Strofinai la pietra. Avevo il fetido respiro del mago sul viso.

Vieni da me, chiamai la pietra. A quel pensiero, la gemma si liberò da dov'era incastonata e volò tra le mie dita. Non ero abile con Loki, ma sapevo riprodurre abbastanza bene il suo trucco solo perché me lo aveva insegnato lui.

Ben fatto, disse Loki tra i miei pensieri.

Aiutami, sussurrai in risposta. Avevo la pietra di luna, ma ora?

Sentii un rumore improvviso dietro la testa. Il mago si ritrasse e per un attimo riuscii di nuovo a respirare.

«Cos'è stato?», chiesi.

La testa del mago, simile a un teschio, si illuminò di blu per un attimo, poi la bocca si aprì e ne uscì una folata di magia. Sentii qualcosa spegnersi, e la sala cadde in silenzio.

Gli occhi mi lacrimavano a causa dell'aria troppo profumata. Il mago aveva lanciato qualche incantesimo davvero potente, e ora ne percepivo le conseguenze, come il peso sul petto che mi rendeva difficile respirare.

«Le mie mogli morte si stanno prendendo gioco di me», mormorò lui.

Girai la testa. Le figure spettrali nella sala erano sparite, lasciando soltanto una sinistra oscurità.

Nella mia testa, sentii Ragnar ruggire. Il suono si confuse presto con un ruggito più chiaro e forte.

Il mago si voltò, facendo vorticare il suo mantello dietro di sé.

L'intero castello tremò. Piovvero pietre e ragni. Gridai, coprendomi la faccia. Delle grida e altri ruggiti giunsero dalle porte della sala.

«Sono arrivati i Berserker». La voce del mago era ormai un boato vuoto che risuonava nelle mie orecchie doloranti. «Stanno attaccando».

Mi sollevai dall'altare e il mago si girò verso di me.

«Ho bisogno di potere», disse prima di sbattermi di nuovo sull'altare. Le ossa della spalla scricchiolarono e il dolore mi attraversò. Strinsi le labbra per non gridare.

Avevo infilato la pietra in bocca, e sentivo il suo peso liscio poggiare sulla lingua.

«È troppo tardi», osservò il mago con voce mite. «Non saranno in grado di opporsi a noi, mia Regina».

Sapevo che era vero. Dovevo intrappolarlo, legarlo alla pietra di luna.

Così, col braccio buono gli afferrai la spalla per tirarlo in avanti.

Il mago emise un'orribile risatina e chinò la sua testa calva e lucente verso la mia.

Un bacio, aveva detto Loki, *può essere molto pericoloso.*

All'ultimo momento mi sollevai e infilai la lingua nella bocca del Re Cadavere, spingendo la pietra in fondo alla sua gola. Tenni la bocca premuta contro la sua, trattenendo i conati dovuti al fetore.

Tu hai potere, Rosalind. Lo hai sempre avuto, fin dall'inizio.

Vai! Desiderai che la pietra di luna prendesse vita propria, immaginandola scendere nella gola del mago per strozzarlo.

Per un attimo non accadde nulla. Poi, il mago mi afferrò e mi spinse via dal tavolo. Urtai le orribili pietre e il dolore mi avvolse. Ora giacevo a terra, tremante, incapace di muovermi.

Sopra di me, invece, vedevo il Re Cadavere barcollare con le dita scheletriche aggrappate al tavolo. Una luce blu gli fuoriusciva dalle orbite degli occhi e dai tagli nella veste funebre. La pietra di luna stava illuminando le ossa macchiate dal tempo.

Un'esplosione di magia proveniente dal corpo del Re Cadavere scosse il castello. All'improvviso, però, delle pietre molto più grandi presero a cadere a terra. Mi rannicchiai meglio che potevo, ignorando i ragni che mi camminavano addosso, impegnati a fuggire per salvarsi. Inutilmente. Questo luogo era stato creato col potere del Re Cadavere e, con la pietra di luna a vincolarlo, ora l'intera costruzione stava collassando.

Le streghe sono qui, mi disse la voce di Ragnar. *Stanno cantando fuori i cancelli.* Mi insinuò un'immagine in mente: un cerchio di donne coperte da mantelli neri, quelle che costituivano l'anello esterno si tenevano per mano. Al centro, alcune donne inginocchiate erano intente a incidere rune sul terreno. Tra loro, c'era una donna bionda con le braccia pallide rivolte verso il cielo. Aveva gli occhi neri.

Stavano usando la pietra di luna come mezzo per intrappolare il mago.

Sta funzionando. Inviai in risposta un'immagine del Re Cadavere. Era rigido, con le braccia bloccate lungo i fianchi. Poi il castello tremò, e una valanga di pietre mi bloccò la vista.

I Berserker stanno facendo a pezzi la torre. Vidi con gli occhi di Ragnar cosa stava accadendo all'esterno: una lunga fila di guerrieri colpiva con le asce le facciate di ossidiana dell'edificio del mago. Sulle pareti inespugnate apparivano diverse crepe. Alcuni mostri pelosi le artigliavano, estraendo pezzi di pietra magica per scagliarli via, lontano.

Ce l'hai fatta, Rosalind. Hai vinto. La voce di Ragnar, però, si tinse presto di paura. *Ora devi fuggire!*

Non posso. Una pietra aveva bloccato l'orlo della mia veste. Cercai di sollevarmi, ma l'agonia prese possesso della mia testa, annerendomi la vista.

No!, ruggì Ragnar. *Questa non può essere la fine!*

Ho sempre saputo che sarei morto. Questo è ciò che era stato profetizzato.

No!

Vai, Ragnar. Liberati.

Del fumo blu sfarfallava alle periferie del mio campo visivo. Girai lentamente la testa. Le figure spettrali erano riapparse di nuovo nell'angolo. Stavolta, però, sembravano più solide. Tutto, dalle ombre sui loro volti alla trama dei mantelli di lana, sembrava più reale. Qualunque cosa avesse fatto il Re Cadavere per bandire le sue ex spose non era durata a lungo.

Due di esse si inginocchiarono accanto a me.

Vai, figlia, mi dissero. Allungarono le mani spettrali e la pietra sulla gonna del mio abito rotolò via. Una mano fredda mi si posò sulla spalla, congelando il dolore, anche se solo per un attimo. Un'altra alle mie spalle mi spinse a sedere, sostenendomi finché non mi ritrovai in piedi. Poi, un volto spettrale mi balenò davanti agli occhi. Si trattava della donna bionda e rotonda. *Ora vai.* Mi toccò il viso e la forza tornò a fluire in ogni centimetro del mio corpo. aggirai barcollando intorno a un mucchio di rocce.

Mi sembrava di avere il corpo pieno di ragnatele.

I ruggiti all'esterno, intanto, stavano diventando sempre più forti. La luce cominciava a penetrare all'interno del palazzo mentre la torre veniva fatta a pezzi. Presto la struttura sarebbe crollata.

«Rosalind», sibilò una voce alle mie spalle. Viticci neri di potere mi serpeggiarono intorno, tirandomi indietro.

Le donne spettrali si strinsero intorno a me, e mani spettrali afferrarono le viti per tirarle via. Ma erano troppi per liberarmi.

La disperazione mi pervase. Il Re Cadavere mi si erse davanti attorniato da un bagliore blu. Allungò la mano e mi indicò la fronte *Muori.*

Alzai le mani, ma non potevano competere con la magia che mi stava attraversando. I volti delle donne fantasma mi balenarono davanti agli occhi intanto che cadevo all'indietro.

Aspetta, mi disse col labiale la donna dalle guance tonde. Indicò il lato della torre dalle cui macerie emergeva una forma scura con gli occhi dorati e selvaggi.

Ragnar. Era venuto a salvarmi, come promesso.

Rosalind! Il mostro mi afferrò, stringendo il mio corpo distrutto al suo petto peloso. Il dolore mi avvolse e mugolai: non avevo la forza necessaria per urlare.

La bestia ruggì, piegandosi per proteggermi dai frammenti di ossidiana che cadevano. Il movimento mi straziò. L'oscurità chiuse le sue fauci su di me. Mentre perdevo la presa sulla mia coscienza, la promessa di Ragnar mi seguì verso l'oblio.

Non ti lascerò morire.

~

Ragnar

ROSALIND GIACEVA floscia tra le mie braccia. La strinsi al petto, rannicchiandomi intanto che le macerie mi piovevano sulla schiena. Davanti a noi, la luce filtrava all'interno della sala dalle crepe sul fianco della torre. L'intera struttura tremò. Presi a correre sulle rocce cadute, spostandole con gli artigli per avanzare. Una pietra cadde dal soffitto e mi colpì il fianco. Emisi un ruggito.

Non finirà così!

Una luce spettrale mi lampeggiò tutt'intorno. Accanto a me apparve un volto femminile, con la bocca aperta in un urlo silenzioso. Indietreggiai di scatto, ma la donna mi afferrò il braccio e mi tirò in avanti. In alto scintillava una luce blu, e le pietre rimbalzavano sulla bolla protettiva.

Colpii il lato della torre e mi spinsi in avanti con un ruggito. I Berserker si erano schierati lungo i fianchi della torre per farla a pezzi a colpi di ascia. Mostri grossi quanto me squarciavano le pietre a zampe nude.

Un centinaio di metri più indietro, accanto a un boschetto di alberi mezzi morti, un gruppo di quattro Berserker in antica armatura proteggeva il cerchio di streghe.

Mi diressi verso la fila di alberi, scuotendo la testa per schiarirmi il sangue dalla vista. Mi prudeva il fianco, ma le ferite si stavano già rimarginando.

Rosalind, la chiamai, mentre la bestia infuriava nel petto. Mi avvicinai all'ombra di una vecchia quercia nodosa, dove, alla base del tronco, giaceva Loki. L'astuto bastardo aveva un'aria serena, come se non fosse morto ma stesse soltanto riposando.

Quando posai Rosalind accanto a lui, aprì gli occhi. «Sei riuscito a tirarla fuori», disse tossendo. «Ben fatto».

Quindi non sei morto, gli dissi con la mente.

L'angolo destro della sua bocca si sollevò. *Non ancora.* Sembrava deluso. Spostò la mano sul fianco, coperto dalla casacca nera bagnata. La toccò, e le sue dita si tinsero di rosso. «I corpi mortali sono così fragili», osservò.

Sei un Berserker, risposi. *Dovresti guarire.*

«Non da questo. Era una maledizione mortale». Lasciò cadere la testa all'indietro, girandola di lato per osservare Rosalind. «Ce n'è una anche su di lei. Sta morendo».

No!, ruggii. Con un artiglio gentile le scostai i capelli

185

dorati dal viso. Era così bella, dall'aspetto regale anche a riposo.

«Le streghe», gracchiò Loki. «Chiamale. Deve esserci qualcosa che possono fare».

Mi alzai, accovacciandomi quando sentii il terreno tremare nuovamente.

I draugr erano apparsi nei pressi della torre. La marea di Berserker si voltò per combatterli. I guerrieri brandivano le asce, tra ringhi e ululati.

Le streghe, ora, aiutavano a spostare le rocce con le mani tese. Una luce blu si levò dal cumulo di macerie. I capelli delle donne vennero agitati da un vento invisibile. Dall'ammasso roccioso si levò un forte lamento. Le streghe urlarono, i Berserker ruggirono.

La luce illuminò l'ambiente e io mi inarcai in avanti per proteggere i miei occhi.

La terra tremò. Mi precipitai a quattro zampe verso Rosalind per proteggerla col mio corpo.

Poi, tutto d'un tratto, il mondo tacque.

Mi raddrizzai, toccando con la zampa la guancia pallida di Rosalind. *Aspettami, Rosalind. Lo avevi promesso.*

Poi corsi verso le streghe.

～

Loki

PER LE PALLE pelose di Thor, quanto faceva male quella maledizione mortale.

«Ecco cosa succede a fare l'eroe», mormorai. Premetti il fianco con la mano, come se potesse servire a qualcosa. Le ferite che si stavano rimarginando, seppur lentamente, non

186

mi avrebbero ucciso. La rete nera di magia intorno al cuore, invece, sì.

Sbrigati, Ragnar.

Ci sto provando, ringhiò lui in risposta. Affascinante come sempre.

Chiusi gli occhi e fusi la mente con quella di Ragnar, così da poter vedere ciò che vedeva lui.

«Il Re Cadavere è intrappolato», disse una delle streghe con un lungo naso aquilino. Quattro guerrieri, i suoi compagni, la proteggevano. Il più grande si toccò la tempia e, quando le sue dita si arrossarono, sorrise e si leccò il sangue dalla mano.

«Faremo la guardia», disse Yseult, e i suoi compagni annuirono. «Non si risveglierà per altri mille anni».

Ragnar ruggì e i quattro guerrieri scattarono in formazione, proteggendo la loro compagna dal suo imminente attacco.

«È impazzito», ringhiò uno di loro.

«Oh, no», gracchiai io. «Non va affatto bene».

«Aspettate», urlò una voce melodiosa. Una giovane strega andò a frapporsi tra Ragnar e i quattro guerrieri armati. I suoi capelli scuri si agitavano intorno al viso, e il petto le si gonfiava come se avesse corso per un chilometro. Indossava gli stracci neri di una vecchia strega, ma aveva il viso giovane.

«Non è in preda alla follia. La sua compagna è ferita». Sollevò una mano e si volò verso Ragnar. «Portami da lei».

Si mise dietro di lui e, insieme alle sue sorelle vestite di nero, lo seguì.

Presto furono tutte in piedi davanti a me e Rosalind.

La giovane con i capelli scuri si inginocchiò.

«Rosalind», la chiamò accarezzandole il viso immobile. «Ci hai salvati tutti».

Ragnar si avvicinò ringhiando.

«No, non posso guarirla», gli rispose la strega. «È troppo tardi».

Il mostro che era Ragnar cadde in ginocchio a quelle parole.

Fratello, boccheggiai. Allungai le dita per confortarlo.

«Ah», esclamò la strega dai capelli scuri, rivolgendo a me gli occhi neri. «C'è un altro ferito, qui. Vogliamo vedere cosa possiamo fare per lui?». Si avvicinò e fui pervaso da un lampo di speranza.

«Io ti conosco». Inarcai un sopracciglio, continuando a osservare la giovane strega, che mi lanciò un sorriso smagliante.

«Datemi il mio bastone». Fece un cenno senza distogliere gli occhi corvini dai miei. Qualcuno le passò il bastone e la sua immagine si increspò, rivelando l'anziana strega che era in realtà.

Sbattei le palpebre e la vidi ancora, bellissima, con i capelli neri lucenti e le guance lisce. «Loki Laufeyjarson».

«Sto morendo», dissi portandomi una mano al petto. «Piangetemi per sempre».

«Che drammatico», scherzò la strega. «Non ti piangeremo affatto».

Misi il broncio. «Sono ferito».

«Non c'è bisogno di piangerti se sopravvivi». Gli occhi neri della strega brillarono, poi la giovane alzò la voce. «Sorelle. Ha rispettato il patto? Vogliamo raccontare a Odino cosa ha fatto?».

«Ma cosa avrei dovuto fare?».

«Hai imparato la lezione. Ti sei sacrificato per qualcun altro».

«No», mormorai, voltandomi verso la forma immobile di Rosalind. «Ho fallito. Avrei dovuto tenerla al sicuro».

«Fallo, allora». La bella strega agitò una mano e scomparve. In alto, su un ramo, un corvo gracchiò.

Una luce bruciante mi colpì, sfrigolando nel mio corpo. Il dolore delle ferite non era nulla in confronto a quest'agonia.

Qualcuno prese a urlare. Avrei tanto voluto che stessero zitti, tanto mi trafiggeva le orecchie quel suono.

Dopo un attimo, mi accorsi che quello che stava urlando, però, ero io.

~

Ragnar

COSA STA SUCCEDENDO?, ringhiai ai Berserker dietro le streghe. *Cos'hanno fatto?*

«Hanno chiesto a Odino del potere di questo tizio», rispose la compagna dei Berserker, Yseult, con un cenno verso Loki. I quattro Berserker si tolsero gli elmi di bronzo e i loro occhi dorati si posarono sul guerriero caduto. Loki sussultò, irrigidendosi subito dopo. Aveva i denti digrignati e scoperti in una smorfia di dolore. Un lampo colpì il terreno intorno a lui.

Nell'aria risuonò un forte grido e Loki scattò in piedi. Aveva entrambi gli occhi neri come quelli di un corro.

Mi si rizzò ogni pelo della pelliccia.

Loki chiuse la bocca e l'urlo si interruppe bruscamente. Poi, si fissò le mani per un attimo. «Sì», ansimò. «Per la barba di Odino. Sono tornato!».

Fratello, dissi con voce strozzata. Le nostre menti erano ancora legate. Percepivo del potere pulsare, come una palla di luce sfolgorante, all'estremità del legame che aveva Loki.

«Finalmente». Loki aprì le mani e delle palle infuocate gli danzarono sui palmi. Un mantello si dispiegò sulle sue spalle. Si voltò, e un tuono scoppiò in alto nel cielo.

«Stai zitto, Thor», mormorò Loki. Poi, fece un cenno alle

189

streghe. «State indietro». Le donne si scansarono, tranne quella dai capelli scuri, che si appoggiò al suo bastone.

«È troppo tardi», gracchiò lei. «Rosalind è morta. Era stato predetto».

«Non importa», rispose Loki avanzando, con lo sguardo fisso sul volto di Rosalind. «Datela a me».

«È troppo tardi», insistette la strega.

«Per un uomo». Loki le pose le mani sulle spalle e la spinse delicatamente da parte. «Non per un dio».

Si inginocchiò accanto a Rosalind e la prese tra le braccia. La testa di lei gli si adagiò sulla spalla.

Loki si voltò, cercando tra i volti cupi finché non trovò il mio. Mi fece l'occhiolino e alzò la testa verso il cielo. Tra un respiro e l'altro, sia lui che Rosalind scomparvero.

CAPITOLO 11

 osalind

L'ARIA fresca mi accarezzò il viso. Sentii un'esplosione di profumo di bacche e delle lunghe dita che mi sfioravano la fronte.

«Rosalind», mormorò Loki.

A quel suono, lasciai che gli occhi si aprissero. «Abbiamo vinto?».

«Sì».

«Sto morendo?».

«Credo che tu l'abbia già fatto, com'era stato predetto».

Aprii di scatto gli occhi. «Dove siamo?» La luce danzava sopra le nostre teste, filtrando attraverso un baldacchino di foglie dorate e verdi.

«Siamo in un posto in cui la morte non può farci nulla», disse Loki con un sorriso compiaciuto. Aveva lo stesso aspetto di sempre eppure, in qualche modo, sembrava

191

diverso. I capelli neri erano un po' più lunghi, gli occhi erano entrambi neri.

Deglutii. «Tu sei morto?».

«Quasi», rispose allegramente. «Le streghe hanno rivolto una petizione a Odino. Sembra che le mie azioni siano state ritenute degne. Ho riavuto il mio potere. Vedi?». Mi passò una mano sul viso e il calore si diffuse in tutto il mio corpo.

Mi faceva male il petto, come se il corpetto fosse troppo stretto. Mi sforzai di prendere un respiro, ma il resto del corpo sembrava piacevolmente intorpidito.

«Vieni», mi disse Loki prima di aiutarmi a mettermi a sedere.

Anch'io ero cambiata. Il mio abito era diverso, di un blu intenso, e il tessuto luccicava alla luce.

«Così si abbina ai tuoi occhi». Mi infilò una ciocca di capelli dietro l'orecchio. «Lo sapevi che i tuoi occhi brillano come pietre di luna magiche nella notte, Rosalind?».

«No», risposi, giocherellando distrattamente con i capelli. Le ciocche lucenti erano pulite e prive di ragnatele. Rabbrividii al ricordo di quei ragni.

Loki si avvicinò ulteriormente. «Come ti senti?».

Mi premetti una mano sul petto. «È incredibile. «Cos'è questo posto?». Enormi alberi circondavano la radura, coi tronchi più spessi che avessi mai visto. Ero sdraiata su un letto di muschio.

«Un rifugio. Ci sei già stata. Ti ci ho portata quando eri in balia del Re Cadavere. Solo gli spiriti possono accedervi. Gli spiriti e i morti».

«Oh». Ero morta. Non c'era da stupirsi che mi sentissi intorpidita, allora.

«La tua missione è terminata», disse Loki dolcemente. «Puoi abbandonarti al tuo meritato riposo. Oppure...».

«Oppure?».

«Oppure... posso farti vedere un ultimo trucchetto». Loki

diede una rapida occhiata nei paraggi, chinò la testa e mi sussurrò: «Ti piacerebbe rinascere?».

Percepivo una nota magica nel suo respiro alla menta. Mi venne la pelle d'oca sulle braccia. «Cosa intendi?».

Sbatté le palpebre ed entrambi i suoi occhi divennero verdi e seri, puntati sui miei. Si accovacciò più vicino. «Dimmi, Rosalind... vuoi morire?».

Pensai a mia sorella e alle profetesse sul Monte dei Berserker. Adesso erano al sicuro, grazie a ciò che avevo fatto.

Non avevo bisogno di tornare da loro.

Poi, però, pensai a Ragnar. Il guerriero biondo, ruggente. Che aveva seguito i miei passi. Che aveva lottato per mantenere le promesse che mi aveva fatto.

Forse non era troppo tardi. Forse avrei potuto scegliere di tornare... per me.

«No», mormorai. «Voglio vivere».

«Brava ragazza». Loki si chinò di nuovo in avanti e mi premette le labbra sulla fronte.

«Ma che ne è della profezia?».

«La profezia si è avverata, sei morta. Quanto basta per rinascere».

Con uno schiocco di dita, la rete che mi stringeva il petto si allentò. Mi venne da tossire e mi piegai a metà. Quando mi pulii la bocca, una schiuma rossa mi imbrattò le dita.

«Basta così», disse Loki, e il suo volto venne illuminato da una luce divina. Mi posò una mano sul petto, e mi trasmise il suo potere. Faceva così male che sembrava mi stesse facendo a pezzi,

così urlai.

«Questa maledizione è davvero forte», osservò con calma Loki. «Ma io posso renderti più forte». I suoi occhi tornarono a brillare di nero. «Dimmi, Rosalind. Vuoi il potere?».

La luce gli danzò sui polpastrelli. Poi, mi premette le dita sul viso. E un lampo mi attraversò il corpo. Ogni nervo del mio corpo prese a urlare.

Aprii la bocca e urlai. Anche se mi stavo contorcendo, il calore mi si diffondeva in tutto il corpo, seguito da freschezza e da uno strano formicolio. La sensazione si spinse in me finché non ne fui piena e non ci fu più spazio per gli organi e le ossa.

Tutto d'un tratto, il dolore svanì. Persino le viscere sembravano nuove. Il potere mi riempiva, adesso. Loki non mi stava più toccando: il potere era mio, solo mio. Lo sentivo traboccare come un infinito pozzo di luce.

Mi leccai le labbra. «Cosa mi hai fatto?».

I suoi occhi erano tornati neri. «Ho risvegliato la tua magia, ti ho prestato un po' della mia. Sapevi che in te c'è una dea? Forse l'ho tirata fuori».

Mi fissai le mani. Quando mossi le braccia, la pelle si increspò e intravidi su di essa la luce delle stelle.

Loki si distese accanto a me. «Come ti senti?».

«Strana».

«Ti ci abituerai».

Mi toccai le labbra. Il volto e il corpo erano intatti, ma sentivo l'energia e il potere attraversarmi, pronti a sorgere quando li avrei evocati. «Sono morta davvero?»

«Sì. Ti abituerai anche a quello. Adesso...», si sfregò le mani, «sembra che qui manchi qualcuno».

Schioccò le dita e apparve un cerchio di luce. Si allargò fino a diventare più grande di un uomo. Si sentì un ruggito, poi una forma scura lo attraversò di botto.

Rosalind!

Mi alzai. Il potere mi fluì nelle gambe, rafforzandole persino mentre mi muovevo. La sensazione era davvero strana. Feci il mio primo passo da creatura rinata, barcollando come un puledro appena nato. *Ragnar.*

Il mostro esitò.

Vieni. Gli feci un cenno e lui attraversò i centimetri rimanenti per accovacciarsi davanti a me. Gli posai le mani sulle guance, con le dita tra la pelliccia. Quasi immediatamente, sia la pelliccia che le fattezze della bestia svanirono finché davanti a me non apparve il Ragnar uomo. Si alzò e si stiracchiò, sfregandosi le braccia appena liberate dalla pelliccia.

Ben fatto, mi disse Loki nella mente. *Usi bene i tuoi poteri, dea.*

Lo ignorai. Le cose erano diventate troppo strane.

«Rosalind», gracchiò Ragnar prendendomi la mano, «sei cambiata molto».

«Invece tu sei rimasto lo stesso», lo presi in giro inarcando un sopracciglio con fare beffardo.

«Grazie a te». Mi passò una mano callosa dietro la testa e premette la bocca sulla mia. La sua barba mi sfregava il viso. Il suo profumo di cedro mi avvolse. Poi, le sue labbra trovarono il mio orecchio. «Sei stata tu». Fui attraversata da un brivido quando mi accarezzò la guancia con la punta del naso. «Non era la pietra di luna il vero potere. Eri tu. Il mago aveva bisogno di possederti e tu non hai voluto concederti a lui».

«Mi ero già data a un altro», mormorai. Mi alzai in punta di piedi per premere la fronte contro la sua. «Ragnar... grazie per avermi salvata».

«Grazie a te per aver salvato il mondo», rispose lui prima di infilarmi le dita tra i capelli per tirarmi indietro la testa. «Non ti avevo detto di aspettarmi?».

«Rompo sempre le mie promesse», gli sussurrai sulle labbra. Lui inclinò la testa e mi baciò con passione.

Un lento applauso, però, ci costrinse a voltarci. «Toccante», disse Loki,

Ragnar mi tirò più vicino, con gli occhi torvi fissi su Loki. «Tu non sei un uomo».

«No, sono un dio», rispose l'altro abbozzando un inchino.

195

«Lo sapevo», mormorò Ragnar. «Avrei vinto quella gara, altrimenti».

Mi scappò una risata, tanto forte da svegliare gli uccelli appollaiati sui loro alberi. I rami in alto si separarono e la luce discese su di noi, come se l'intero universo volesse gioire insieme a me. Sentivo il potere muoversi dentro di me, minacciando di traboccare. Mi palpitava il cuore.

«Devi imparare alcune cose», mi disse Loki. Mi posò una mano sulla spalla e mi rilassai sotto il suo tocco. «Non preoccuparti, ti insegnerò io».

Ragnar scosse la testa verso Loki. «Cosa hai fatto?».

«Stava morendo. Era l'unico modo, nonché il migliore», si difese l'altro. «E ora ha quello che ha sempre voluto. Vero, Rosalind?».

«Giusto», risposi, ancora incerta. Loki aveva risvegliato il mio potere. Ma ero davvero una dea? «E adesso?».

«Dipende da te, in realtà. La battaglia è finita. La missione anche», rispose Loki. «Torneranno tutti al Monte dei Berserker per festeggiare con un banchetto e scopare come conigli nelle loro logge e, presumo, per vivere per sempre felici e contenti. Che noia!». Si portò una mano alla bocca per fingere uno sbadiglio.

«Vuoi tornare?», mi chiese Ragnar.

Mi morsi il labbro.

«Oppure...», disse Loki alzando un dito, «posso insegnarti a usare i tuoi nuovi poteri. Potremmo viaggiare insieme per i nove mondi. Ci sono così tante avventure da vivere. Io stesso preferisco non rimanere troppo a lungo nello stesso posto», continuò, inclinando la testa di lato. «Che ne dici, Rosalind? Vuoi unirti a me?».

Sospirai e mi voltai verso Ragnar. «E tu? Vuoi tornare a casa?».

«Tu sei la mia casa», rispose.

Chiusi gli occhi per un attimo, poi guardai di nuovo Loki e annuii.

«Andiamo, allora», disse Loki. «Ma prima... un rapido resoconto dei festeggiamenti. I Berserker si sono riuniti sul loro Monte, le profetesse sono al sicuro nelle loro logge con i figli al fianco. Troveranno la loro felicità». Agitò una mano e tra la nebbia apparve un portale più piccolo.

Vidi una giovane donna, dai lineamenti simili a quelli di mia sorella Aspen, con gli stessi capelli così biondi da sembrare bianchi. Era Aspen, più grande, cresciuta fino a diventare una donna, con una spruzzata di lentiggini sul naso. Era in salute, rideva e salutava due guerrieri alle sue spalle.

Mi mancò il fiato. Era una visione del futuro.

«Possiamo tornare spesso a farle visita», propose Loki.

Annuii. «Mi piacerebbe tanto. Ma prima... qualche avventura?».

«Sì». Loki si sfregò le mani. La magia divampò e sentii il mio stesso potere aumentare in risposta. Tutto ciò che riguardava la mia vita era nuovo e strano, ma non importava: ero viva, così come Ragnar e Loki, insieme a me.

Davanti a noi apparve un portale. Dava su una foresta molto simile a questa, con la nebbia che fluttuava tra gli alberi alti.

«Il destino ci ha concesso una lunga, lunga vita. Ora non ci resta che viverla». Con un sorriso diabolico, poi, tese la mano. Allungai una mano dietro di me e presi quella di Ragnar, poi quella di Loki, e tutti e tre avanzammo verso una nuova pagina della nostra storia.

Grazie per aver letto la saga dei Berserker! Intendo scrivere altri libri sotto la guida della mia musa. Scarica il libro omaggio

197

sui Berserker e iscriviti alla mia newsletter per rimanere informat* sulle prossime novità che riguardano le spose sul Monte dei Berserker.

GRAZIE ANCORA PER *il tuo supporto alla saga.*

CON AMORE,
   Lee

LIBRO GRATUITO

Ricevi un libro gratuito, Allevata dai Berserker (solo per i fan
più sfegatati iscritti alla newsletter di Lee)
Clicca qui per cominciare
https://geni.us/BredBerserkersIT

ALTRI ROMANZI DI LEE SAVINO

Romanzo Paranormale

La saga dei Berserker
Venduta ai Berserker
Accoppiata ai Berserker
Presa dai Berserker
Data ai Berserker
Rivendicata dai Berserker
Salvata dai Berserker
Catturata dai Berserker
Rapita dai Berserker
Legata ai Berserker
La Notte dei Berserker
Posseduta dai Berserker
Domata dai Berserker
Comandata dai Berserker
Arresa ai Berserker

Alfa ribelli con Renee Rose
Tentazione Alfa
Pericolo Alfa
Un premio per l'Alfa
Una sfida per l'alfa
Obsession Alfa
Desiderio Alfa
Guerra Alfa
Missione Alfa
Tormento Alfa
Segreto Alfa
La preda dell'Alfa
il sole dell'Alfa
La luna dell'Alfa
Giuramento Alfa

Sangue Alfa

Romanza Fantascienza

Il pianeta dei re con Tabitha Black
Compagno brutale
Rivendicazione brutale

Padroni tsenturion con Golden Angel
La prigioniera aliena
Il tributo alieno
Rapimento alieno

Draghi in esilio con Lili Zander
Compagna Draekon
Fuoco Draekon
Cuore Draekon
Rapimento Draekon
Destino Draekon
Figlia dei Draekon
Febbre Draekon

La Forza Ribelle con Lili Zander
Draekon - Il Guerriero
Draekon - Il Conquistatore
Draekon - Il Pirata
Draekon - Il Condottiero
Draekon - Il Guardiano

Romanzi Contemporanei

La vendetta è dolce

La bella e i boscaioli
Il mio daddy è un marine
Contesa tra due "paparini"

Mascalzoni di stirpe reale
Il principe scapestrato
La finta fidanzata del futuro re

Dark mafia con Stasia Black
Innocenza

ALTRI ROMANZI DI LEE SAVINO

Risveglio
La regina della malavita

Ranch del sadomaso con Tristan Rivers
La bambina del cowboy
Una ragazza da domare

L'AUTORE

Lee Savino è una fra le migliori scrittrici di libri erotici 'smexy' al giorno d'oggi negli Stati Uniti. 'Smexy' nel senso di 'smart e sexy': storie sensuali ed argute. La puoi trovare nel gruppo Goddess in Facebook ed è possibile scaricare un suo libro gratuito su https://leesavino.com/italiano!

Ricevi un libro gratuito, **Allevata dai Berserker** (solo per i fan più sfegatati iscritti alla newsletter di Lee). **Clicca qui per cominciare**